JN316795

華麗なる略奪者

深月ハルカ

ILLUSTRATION：亜樹良のりかず

華麗なる略奪者

LYNX ROMANCE

CONTENTS

華麗なる略奪者

ビルが林立する港区(みなとく)の上空で、ヘリがバラバラと音を立てて下降していた。高橋侑(たかはしゆう)は地味な濃いグレーのスーツに目立たない黒のキャリーケースを持ったまま、ヘリポートを備えた高層ビルを見上げ、ポケットからスマホを取り出す。

上司の小島(こじま)はこのビルにいるはずだった。抜けるような青空と、旋回するプロペラを見ながら応答を待ったが、なかなか出ない。

「……まいったな。どこに行けばいいんだろ」

メールにビル名は書かれていたが、細かい場所は指定されていなかった。だが、輸送品受け取りの前に寄れという指示なのだ、小島に会わないわけにはいかない。

頭上を飛ぶヘリがビルの屋上に消える際、太陽を背にして機体が黒い影になった。観光用などの小型機ではなく、シルバーメタリックの大型機だ。侑はスマホを耳に当てながら、一瞬眩(まぶ)しさに目を眇(すが)める。

――カッコいい機体だな。

あまりヘリには詳しくないが、軍用機ではなさそうだ。大型のわりにスタイリッシュで細身のヘリを眺(なが)めながら、侑は無意識に髪を掻(か)き上げた。侑の黒髪は細くコシのないくせ毛で、ビル風でも巻き上がってくしゃくしゃになってしまう。その上顔立ちが柔和(にゅうわ)なのでよく草食系と言われた。

背もそこそこ普通にあるし華奢(きゃしゃ)というほどでもないのだが、甘めの奥二重と、ばさばさと縁取(ふちど)る睫毛(まつげ)、少しふっくらした唇のせいでそう言われるのが悩みといえば悩みだ。

自分では見た目ほど甘くはないと思っている。所属は公安NBCだ。化学テロ担当班として知識も訓練もそれなりに受けているし、女性とふわふわしたお付き合いをするより、今頭上を飛んでいる機体のほうが魅力的に思えてしまうのだから。

「…出ないな。何やってんだろ、小島さん」

その時しぶとく鳴らしていた電話が繋がった。

「あ、小島さん、あの…」

《任務中になんの用だ！》

出るなり上司は怒りを含んだ声を上げた。通話の先からヘリのプロペラ音が大きく聞こえてきて、侑は聞く前から小島が屋上ヘリポートにいるのだと察した。

「え？　あの、輸送品受け取りの前に寄れって指示が…」

職場のＰＣに指示メールが入っていた。だが、何故か当の小島は怒っている。

見えなくなったヘリはポートに着地したのだろう、スマホからは、キイーンというプロペラの旋回を止める音がして、小島の声は一層大きくなった。

《お前を呼ぶわけないだろうが…う…わっ》

「小島さんっ？」

わあ、という誰かの声と当時に、スマホが何かに当たる音がし、ドン！　という爆発音がスマホからと、はるかビルの上から同時に響いた。屋上で何かが爆発したのだ。

「小島さん！　小島さんっ!!」

――――何が…。

叩きつけられたのだろうスマホから聞こえてくるのは、続く爆音と、金属が吹き飛ぶような音だ。

侑はキャリーケースを抱えてビルフロントに走り込み、所属を掲示して屋上へと走った。

立ち入りを制限されていたゲートを身分証明掲示で突破(とっぱ)し、侑は階下、エレベーター、正面フロアを警備していた他の男たちとともに専用エレベーターで屋上に向かった。

どのスタッフも黒いスーツ姿で、イヤーモニターを装着し、ジャケットの内側に銃を装備している。ただ、侑には面識がなかった。侑は爆発に危機感を持ちながらも、怪訝(けげん)な表情を消せない。

――どこの所属なんだ？

上昇するエレベーターで、デジタル階数表示がめまぐるしく変わる。誰もが口を利かない中、侑はちらりと前後に立つ男たちを見た。

「公安です」という自分の身分証明に、彼らは頷(うなず)いただけだ。こっそり盗み見するが、訓練された隙のない身のこなしが窺(うかが)えるだけで、どこの人間なのかはわからない。

――でも、少なくとも公安が絡んでいることは承知してるんだな。

小島は任務で屋上にいたのだろう。けれど侑は、こんな重要そうな案件があるとは聞いていなかった。

合同で動くとしたらどこの部署だろう…と考えながらも、彼らが躊躇(ためら)わず銃を懐(ふところ)から取り出して構えたことに緊張した。

屋上に着いたら、何が起きているかわからないのだ。

すっと音もなく階数表示が変わり、屋上を指す「R」になって扉が開く。男たちは銃を構えたままそれぞれ扉の両脇に身を隠して外を窺ったが、銃音はなかった。

代わりに熱風が吹き込んでくる。一瞬肌が炙られたような熱さを感じ、赤ともオレンジともつかない炎の明るさでエレベーター内が光った。

――…う…。

侑はゴウッという炎の上げる音に身を竦ませた。だが銃を抜いた男たちは怯む様子もなく、攻撃がないのを確認するなり外に飛び出していく。

侑も慌ててエレベーターの外に出た。

「っ……」

吸い込んだ空気が喉を焼きそうで、咽せ込んで腕で口元を庇う。

――テロか…？

目の前は爆炎で陽炎が立っていた。中央のヘリから四方に炎が延びている。

完全に着地する前に爆破されたのか、ヘリは右側のスキッドがひしゃげて、機体が傾いていた。爆発で燃料タンクが破損したのだろう、吹き飛んだ軌跡に沿って油が延びたかのように炎が走り、黒煙を上げて燃え盛っている。

消火器を格納された扉が開かないのは、通話から聞こえていた。実際にこの目で見ると、吹き飛んだプロペラの一部がエレベーター横の倉庫部分にめり込んでおり、何人かが必死で引き剝がしているが、動く様子はない。あとはエレベーターについている、気休めにもならない小型の消火器だけだ。

とにかく火の回りが激し過ぎてヘリに近づけない。先に飛び出した男たちは、コックピットに突っ伏している人影を見つけて果敢に突っ込もうとしているが、それでもヘリを取り囲むように上がる火の手になすすべがないようだった。

侑はざっと屋上全体を見回した。

何かないか、消火や延焼を防ぐ手立てはないか…目で探しながら同時にヘリを見、生存者を探す。

――何か動いている？

ヘリ後方の、炎が幕のように燃え上がっているさらに後ろで何かが動いた気がした。もしかしたら機体の破片かもしれないが、どのみちヘリ前方には一緒に上がってきた男たちがいる、そちら側は任せて大丈夫だろう。そう判断して、侑は一度ヘリポート台から飛び下りた。

この屋上ヘリポートには段差がある。機体が着陸する「H」と表示されたポート部分は、屋上よりもケタ上げされて造られており、実際の屋上とは人の背丈程度の段差ができていた。だが支えている鉄骨を足掛かりにすれば、一度下りても登れないことはない。侑は走ってヘリの裏手に回り、鉄骨を登ってもう一度ヘリポートの上に立った。

――人だ…。

先ほど見た場所に人が倒れていた。風上だからだろうか、ヘリの機体側面には火が回っておらず、スライドされたドアの中にも、人が倒れているのが見える。

――助けなきゃ。

まず手前で倒れている白いシャツの男に駆け寄り、肩を揺(ゆ)さぶる。

この人は爆発時に自分でヘリから飛び出せたのだろう。シャツとスラックスという軽装なのに、見た目に怪我(けが)はなかった。

「大丈夫ですか！」

「…っ」

――生きてる…。

呻いた相手の肩を抱え起こした。生きていてくれたという安堵で、笑みがこぼれる。

支えられながら顔を上げた相手に、侑は心からほっとして笑顔を向けた。

「よかった…」

「……」

――目が、金色……。

向き合った相手に思わず目を奪われる。

琥珀のような深みのある金色の瞳。力のある眼差しがじっと自分を見ていて、その覇気に思わず気圧されてしまう。

相手は外国人だった。瞳よりやや明るい金色の髪、彫りの深い顔立ち、精悍さの滲む眼差し。ハンターのような鋭さと、獣のようなしなやかさ。狩る側と立ち向かう側のどちらも併せ持った強い美しさに、侑は思わず息を呑む。

「あ……、歩けますか？　避難しましょう。こっちに…」

こんな状況でうっかり見とれていたことに気付き、侑は慌てて意識を切り替えた。抱えた相手の肩に潜り込むようにして立ち上がらせる。相手のほうが背丈があるので、そうしないと肩を貸せない。

「大丈夫だ、歩ける」

相手はノーブルな発音の英語で言った。侑も、日常会話に不自由しない程度には英語はできる。

「そうですか。よかった」

すっと立ち上がった堂々とした体躯には、どこも怪我はなさそうだ。侑は自分が回ってきたヘリポート台の下を指して英語で案内する。

「ここを下りれば迂回できます。ヘリ前方に救助の人間がいますが、登らずに待ったほうがいいと思います。あちら側が風下なので、火の手が強いんです」

気を付けて行ってくださいとだけ促し、踵を返す。怪我がないのならひとりでも大丈夫だろう。ならば次はヘリの中だ。

そう思って駆け出そうとすると、助けた男に腕を摑まれた。

「どこへ行く気だ？」

振り向くと、強い煌めきを持つ金色の瞳に驚きの表情が浮かんでいる。けれど、丁寧に説明している余裕はないのだ。ヘリの中にはまだ人がいる。

「彼らを助けないと」

「聞こえないのか？　二次爆発するぞ！」

「離してください。なら、余計急がなきゃ」

摑まれた手を振り払おうとしたが、自分よりずっと骨太でがっしりした手はびくともしない。相手の目は呆れたような色を帯びて侑を見ている。

「生きているはずがないだろう」

「わからないじゃないですか！」

腕を引き摺る手に踏ん張って抵抗する。十メートル以上離れているこの場所でも熱風で息が苦しいのだ。ヘリから脱出できなかった彼らが生きている保証はない。けれど、今、そこに姿が見えるものを放っておくことはできなかった。

「生きてる可能性はゼロじゃないんです」

「バカを言うな、逃げろ」

「貴方(あなた)は先に逃げてください！」

バチバチと電気系統が爆(は)ぜる音がする。確かに危ない。このままでは機体ごと破裂してしまうだろう。

避難先を目で示し取られた腕を押すと、相手はチッと苛立(いらだ)った様子で舌打ちをし、侑に覆いかぶさった。

「…！」

次の瞬間に、ドォンという桁違(けたちが)いに大きな爆発音が轟(とどろ)く。

———…うわっ。

ゴロゴロと身体(からだ)が回転し、天地の感覚がなくなった。

爆風が自分たちの周りをものすごい勢いで吹き荒れていく。侑は大きな岩のように自分をがっしり抱える腕の感触を最後に、意識を失った。

◆◆◆

アレックスは爆発騒ぎの後、用意された貴賓室(きひんしつ)で服を着替え、詫(わ)びに来るという政府首脳を待っていた。隣には、別ルートで現地集合した側近(そっきん)のダニエルが立っている。

ビルは六本木にある複合施設で、ホテルが内設されていた。最上階の角部屋は二面に広く窓が取られ、木目調の落ち着いたインテリアが置かれている。アレックスはクッションの積まれたソファに座り、東京タワーを眺めていた。テーブルを挟んで向かいにある三人掛けのソファには、毛布をかけて侑を寝かせてある。

侑は二次爆発で転がった時、軽く脳震盪を起こしたようだ。強打することはなかったはずだから、おそらくこのまま寝かせておけばそのうち目を覚ますだろう。アレックスはクッションに半分沈んだ侑の横顔を眺めた。

羊のようにばさばさと長い睫毛が目元に影を落としている。なめらかな頬の輪郭、やわらかそうな唇、整髪料を使っていないナチュラルで少し長さのある髪。スーツが不似合いなほど、眠っている顔は大学生のような素朴さだ。アレックスはいつの間にか、自分を覗き込んでほっとしたように微笑った顔を思い返していた。

《よかった……》

甘さの残る少年のような笑み。なんの飾り気もない眼差しが、何故か忘れられなかった。

見ず知らずの相手だ。身元は公安のようだが、彼は誰を助けたのか、わかっていなかったような気がする。もし要人保護の任務で駆けつけたのなら、まず自分をひとりで避難させることなどしないだろう。まして他の警備者を助けるためにヘリに向かうなどあり得ない。

この男は、本当に誰だかわからない相手を助け、その生存を喜んだのだ。

――一歩間違えば、自分が死んでいたものを…。

その状況で、何故あんな顔ができるのか、本当に損得勘定なしで自分の命を危険に晒せる人間がいるのか、アレックスにはあまり信じられなかった。

ただ、侑のほっとしたような笑顔だけが、目に焼き付いている。

――……。

馬鹿な感傷だ、とアレックスは侑から目を逸らした。それより、この先をどうするか手を打たなければならない。

「ダニエル、こちらの分析結果はどうなっている？」

今回の来日は極秘だ。偶発的な事故は考えられない。狙われたとしたら、それは日米どちらからなのか…側近に問いかけたが、さすがにまだ確実な情報は得ていないらしい。

金髪で緑の目に細い金フレームの眼鏡をかけた側近が、にこにこと笑いながら首を振る。

「あなたは人気者ですからね。狙いたい連中はどちらの国にもいます。もう少々お待ちください」

「ふん…」

聞き流すと、ダニエルが面白そうな顔をしてソファのほうを見た。

「ところでこの坊や、よく寝てますね。まるで成長期の子供か赤ん坊並みだ」

「放っておけ。脳震盪ならそのうち起きる」

「…寝顔がキュートですしね」

侑の顔をずっと眺めていたのを、ダニエルがさりげなく指摘する。アレックスは面白くはなかったがそれもスルーした。

ダニエルは周囲の中で最も自分を怖がらない人間だ。分析力と洞察力に長け、物腰はやわらかだが妙に腹が据わっていて、耳に痛い指摘をしてくる。立場に遠慮しないダニエルは、側近の中でも信頼の深い人物だった。ダニエルもそれをわかっているので、余計歯に衣着せずに好き放題な発言をする。

「ま、何せあなたの命の恩人ですからね。後で何かお礼でもしておきましょう」

「…勘違いするな。俺のほうが助けたんだ」

ダニエルが大仰に肩を竦めてみせる。アレックスはそれを軽く睨んだ。

軽口を受け流していると、部屋をノックする音が聞こえた。ドア側を警備しているＳＰが安全を確認し、来客を告げる。

「官房長官がお見えになりました」

「通せ」

許可すると、首相の女房役である内閣官房長官が、防衛大臣、外務大臣、経済産業大臣、警備関係者と秘書を伴ってゾロゾロと入ってくる。大臣たちの後ろは、黒いスーツを着た人間で埋まり、部屋は一気に手狭に見えるほどになった。皆、一様に強張った顔をして直立不動だ。

「こちらにどうぞ」

ダニエルがにこやかにソファ席を促したが、彼らは座ろうとはしない。

日米関係に問題が出るのを懸念しているのだろう。自分たちが座るはずのソファに何かが横たわっているのも見えているはずだが、それに注意を払う様子もない。

――まあ、そうだろうな。

アレックスの指揮下にあるロイド社は、米国筆頭の軍事会社だ。防衛・国交を左右する人間が来日直後にテロ攻撃を受けたのだから、こじれたら一大事になる。

ぴしりと両手を腿に付けて、真っ先に防衛大臣が口を開いた。

「このたびは、大変申し訳ございませんでした、ミスター・ロイド」

お怪我は、という言葉にダニエルが流暢(りゅうちょう)な日本語でにっこりと笑う。

「おかげさまで、あの通りピンピンしていますからね。そう緊張なさらず」

「は、はあ。何よりです」

官房長官は冷や汗をハンカチで拭(ぬぐ)いながら何度も頭を下げた。

「それにしても、事故を未然に防げなかったのは我々の落ち度です。まことに申し訳ない」

苦虫を嚙(か)み潰したような顔で、頬の弛(たる)んだ警備関係者が不本意そうな声を上げる。

「警備には万全を尽くしたつもりです。もちろん、現実に事故が起きているのですから、言い訳にしかなりませんが……」

「その通りだ」

アレックスはゆったりとソファに座ったままそう返事をした。

どんな言い訳も意味はない。結果だけが全てだ。

「私の来日が、貴国のどこからか漏(も)れていたということだ」

ピリッとした空気に、官房長官が眉を顰(ひそ)める。

「こんな状態で、移送の安全が保障できるとは思えんな」

大臣たちの喉がぐっと詰まる。しかし防衛大臣が反論した。

「移送に関してはまた別に綿密な配慮をしております。警備も増強いたしますし…それに、お言葉ですが、今回の件は必ずしも我が国が漏洩(ろうえい)元とは限りません」

「…ほう」

大臣は劣勢ながら必死だ。ここで、要人警護もできなかった警備力だとジャッジされるのは我慢がならないのだろう。

「誰が爆破を仕掛けたのか、まだ調査中ですからなんとも申し上げられませんが、邦人の手による攻撃かどうかはまだ確定できません」

米国側からの攻撃だった可能性もある、とあからさまには言えないものの、大臣はそう反論したいようだ。

それはアレックスも懸念していた。極秘なはずの訪日やフライト情報、移動情報をこちらのスタッフの誰かが漏らした可能性もある。

――もしくは、潜入されているか…。

だが、その可能性を日本側に言うつもりはない。

「今回の輸送は、我々防衛省にとっても、日米共同開発上重要なミッションです。なんとしても安全に、秘密裡に成功させたい。その意味で我々にもメンツがかかっております」

日本国内での機密情報秘匿や警備に漏れなど出すわけがない、むしろそちら側からの漏洩なのではないかと言外に匂わせている。

「……」

今のところ、可能性は五分五分だった。ダニエルの調査もまだ結果が出ていない。ただわかっているのは、どこからか情報が漏れている可能性がある、ということだけだ。

「今回の件については、重ね重ねお詫びを申し上げます。ただ〝Ａｉｒ〟の輸送についてはぜひ我々をご信頼いただきたいと思っております」

　アレックスが黙っていると、官房長官が自分たちの背後にずらりといる人間を手で示し、説明を始める。

「〝Ａｉｒ〟の輸送警護を担当するチームです」

　本来、この輸送は表向きアレックスが日本国内で成果を確認し、完成品を受け取って米国に持って帰るという筋書きだった。だがアレックスが受け取るのはダミーで、その一方で密(ひそ)かに日本の輸送チームがオリジナルを米国まで運ぶ。

「外事一課・外務省担当の蓮本(はすもと)と申します。今回の計画と、増強部分についてご説明させていただきます」

　警備チームが紹介を受けて一歩前に出、敬礼の後話し始めると、ようやく大臣たちがソファに座る気配を見せ、そして毛布がかけられて横たわる人間に困惑した。

　それまで人垣で見えなかったのだろう、大臣たちの様子に気付き、そのうちのひとりが前に出てソファのほうを覗き込み、驚いた声を上げる。

「高橋…！」

「小島君のところの人間かね」

　座るに座れない大臣が、ソファで伸びている男と警備チームを交互に見た。チームのひとりが官房長官にこそっと耳打ちをし、小島が代わって説明する。

「今回のコード〝ε(イプシロン)〟です。高橋侑と言います」

　ダニエルがすでに身分証で確認した名前が告げられた。

「今回のプロジェクトにおいて、彼が〝Ａｉｒ〟の輸送を担当いたします」

アレックスは思わず苦笑した。

「大丈夫なのか？　彼はヘリポートの二次爆発で失神したんだが」

未だに目を覚まさない眠り姫のような男の顔を見ながら笑うと、小島は弱ったように眉根を寄せながら説明した。

「彼は実戦部隊ではありませんので…こうした事態に慣れていない点はご容赦ください。ただ、こう見えてもＮＢＣ捜査隊所属ですから、専門知識はあります」

隣にいた蓮本は、その様子を冷ややかに見ながら割り込んできた。

どうも日本側は一枚岩ではないらしい。小島の嫌そうな顔をよそに、蓮本は顔色ひとつ変えずに冷静に説明を始めた。

「彼には何も知らせておりません。ただ荷物を運ぶだけですから、護衛力はもとより見込んでいないのです。輸送本隊には我々外事一課で厳重なバックサポートを配置します。万一狙われたとしても、彼が盾になっている間に我々が動ける。〝Ａｉｒ〟の安全は保障いたします」

侑のやわらかな笑顔を思い浮かべ、アレックスは蓮本の説明に眉を顰めた。

本人はどんな危険があるかも知らされずに輸送を担当するというのだ。そしていざという時、同胞は躊躇わず彼を犠牲にして〝Ａｉｒ〟を守る気でいる。

侑が、自分で身を守らない限り、誰も彼を守ることはない。

「都合のいい捨て駒か…」

皮肉のつもりで言ったが、蓮本は片眉をわずかに釣り上げて笑った。

「盾になってこその護衛です」

隣の小島が奥歯を嚙み締めたような顔で睨んだが、蓮本は見向きもしない。そして大臣たちの誰もがそれを非難しなかった。

――当然だろうな。

大事なのは両国とも輸送の安全と成功だ。そのために一兵卒の犠牲程度は仕方がないと思っている。アレックスも、その価値観を否定する気はなかった。

自分も常に経営上そういう判断をしている。なのに、何故か今は蓮本の得意気な顔が癇に障った。

目の前に侑が眠っている。何も知らず、自分の命が取り沙汰されているとは夢にも思っていないだろう。だが彼は今、公然と国家に見捨てられたのだ。

つい先刻、見ず知らずの自分のために命を危険に晒した侑が、こうしてこの場にいる同胞全員から捨て駒扱いされる。

彼は、何も知らないまま死ぬかもしれないのだ。

それがアレックスには腹立たしくてならなかった。

「……輸送プロジェクトは変更する」

「ミスター・ロイド」

突然の発言に、大臣たちがきょとんとした顔をする。実行部隊の警備チームはざわついたが、アレックスはかまわずに言った。

「コード〝ε〟は中止だ。〝Air〟は公表通り俺の自家用機で運ぶ」

「なんですと！」

危険だ、と色めき立って反対する日本側に、アレックスは座ったままソファのアームに両肘をかけ、指を組んで大臣たちを睨んだ。

「情報の漏洩元が掴めない中で、作戦を実行しても安全は保障できないだろう」

「し、しかし…それはご出発までには」

「日本に長逗留する気はない。入国して二時間足らずでこの騒ぎだからな」

凄んで笑うと、官房長官の顔が引き攣った。アレックスは、話は済んだとみなして立ち上がる。具体的な交渉はダニエルに任せればいい。

「今日中に出発する。その代わり…」

アレックスは、この騒ぎの中でもまだ目を覚まさない侑を一瞥した。

「その坊やも同乗させろ。名目は警護でかまわない。それと、女を外せ」

「……？　それは…どういう」

意味を取りかねて、蓮本がいぶかし気な顔をしている。それに答えずに応接ルームを出ていくと、背後でダニエルが苦笑気味に説明していた。

「彼を搭乗させてください。代わりに、アテンダントの女性を遠慮させていただきます」

フライトアテンダントの名目であてがわれる予定だった接待用の女性を退けると言うと、周囲もどうにか察しがついたらしかった。

困惑する声を背中に、アレックスは部屋を出ていった。

◆◆◆

「高橋、おい…高橋」

肩を揺さぶられる振動と上司の声で、侑はハッと目を覚ました。飛び起きるが頭がくらくらする。

「…って…っ」

「いつまで気絶してる気だ」

「す、すみません」

背中を支えてもらい、どうにか座り直してようやくそこがソファだとわかる。

――ここ…どこだ？　…屋上で、ヘリが爆発して…。

そういえば、助けてくれたあの人は無事だっただろうか。額を押さえながら考えていると、上司の小島と部長が隣に座った。小島が眉をハの字にしながら説明してくれる。

「ヘリの消火は終わったよ。川本たちが現場に当たってる」

「…そうですか」

やたら豪華な部屋で、何故か上司ふたりと自分しかおらず、侑はそれが不思議だった。小島の言葉も途切れがちで歯切れが悪い。それでも小島が無事だったことに安心した。

「手伝いに、行ったほうがいいですか？」

「お前がノビてるうちに、人員は配備済みだ」

「……すみません」

上司はばっさりとそう言うが、言葉には何かやるせない感情が含まれていて、侑は困惑した。

「あの…じゃあ、僕は輸送に戻ります」

「ああ、それな…中止だ」

「え…？」

あっさりと言われて面食らう。

任されたのは、防衛省から委任された取り扱い危険物の輸送だった。納入業者が運ぶとなると、通常の通関業務になる。だが委任される製品は防衛上の機密だ。だから外交官の特権を使ってハンドキャリーすることで、検閲をせずに米国まで運ぶ。それを防衛省ではなく、ＮＢＣが担当することになったのは、化学物質だから…という説明だった。

「ＮＢＣで担当しない、ってことですか？」

「……まあ、そんなとこだ」

今回の爆発のせいだろうか。緊急に解明しなければならない事件が起きたから…そう思うが小島も部長も曖昧に言葉を濁す。続く言葉を探しあぐねるように黙り、突然小島が口を開いた。

「お前、電話で〝指示があった〟って言ってたな。それであの場にいたんだろ？」

「ええ」

「それは誰の指示だ？」

「え？　誰って…小島さんからのメールで」

小島が部長と目を見合わせている。

――違うのか？

メールを見せろと言われて転送したスマホから見せると、上司ふたりの顔はさらに曇った。

「…何か、起きたんですか？」

何かも何も、爆発現場に居合わせたのだから、大変な事故が起こったことはわかっている。だが上司は何も説明してくれなかった。

「俺は送ってない」

「え？」

「…うちが出元、って可能性もあるのか」

「まず、こっちの潔白を証明するまで、向こうに従うしかないな」

部長と小島はふたりだけで何かを納得している。

「どういうことなんですか？」

さっぱり話が見えず小島を見たが、上司は詳細を話す気はないようだった。

ため息をついて肩にポンと手を置かれる。

「高橋……特任だ。お前、これから要人警護につけ」

「へ…？」

あまりにも話が繋がらず、侑は思わず素っ頓狂な声を上げた。

「何故ですか？　なんで要人警護にＮＢＣが」

ＮＢＣは、公安といくつかの都道府県警が持つ、核・生物・化学兵器を対象としたテロ対策専門の部隊だった。対人警護の職務は、本来ない。

「さっきの爆発は機密情報を狙ったテロと断定された。標的になったのは来日中の要人だ。犯人が特定され、安全が保障されるまで、ＮＢＣは外事一課と協力体制を取ることになった。この案件はお前に着任してもらう」

「はあ…」

――じゃあ、あの時一緒にエレベーターに乗ったのは外事一課だったのか。

「俺は、お前には向かないと思うんだがな。仕方がない。今は向こうに頭が上がらん」

「…？」

不承不承…という表情が不思議だ。何故小島はこんなに嫌そうな顔をするのだろう。

――メールを送ったのが小島さんではない。

そのメールで自分が爆発現場に居合わせた。それが外事に内部犯行を疑われたということなのだろうか。

だとしたら、何故自分が警備に配置される？

わけがわからず、侑は上司に向き合った。

「小島さん、理由を教えてください」

だが、小島は苦渋を目に浮かべた。

「……ＮＢＣの潔白は俺が証明する。だからそれまで、お前は耐えてくれ」

「小島さん…」

詳細は教えてもらえない。けれどそれが辞令であれば、従うしかない。侑は苦しそうな顔をする上司に疑問を呑み込んで承諾した。

「わかりました。警備対象は、その要人なんですね。名前は？」

ぼんやりと金色の瞳をした男を思い浮かべながら言うと、部長が渋い顔をする。

「アレキサンダー・ヴィドビルド・ロイド。ロイド社のＣＥＯだ」

「お前を担ぎ込んできてくれた男だよ」

「え…」

部長が小島とは違う意味で呆れた顔をした。

「被害者に助けられたテロ対策班というのはな…官房長官にも防衛省にも、我々の面目は丸潰れだ」

「す、すみませんっ、でも…最初は僕もちゃんと助けたんですよ」

諸大臣が揃ってこの部屋にいたのだと聞かされ、今さらながら冷や汗が出る。

その上、被害者に助けてもらったのだ。

——あの人がロイド氏か。

彼の顔は知らなかった。だが、アメリカ・ロイド社ならどんなに疎くても社名ぐらいは知っている。

世界有数の軍事会社で、政界との繋がりは当然深い。

「あ、もしかして…」

自分が運ぶはずだった製品はロイド社が絡んでいたのだろうかと思いつくと、小島が眉根を寄せて先手を打ってくる。

「ロイドと防衛省は共同開発をやってる。向こうさんはその絡みで来日した。お前が知っていいのはここまでだ。余計なことは探るな」

嗅ぎ回るなよ、大人しくしてろ、と何故か念を押される。

「わかりました」

「出発は今日だ。とりあえず今すぐ羽田に向かえ」

「はい」

輸送の任務だろうと警護の任務だろうと、仕事は仕事だ。気持ちを引き締め直して立ち上がると、小島がまた何かを秘めた目をした。

「今、俺たちNBCは立場上不利だ。俺はお前を庇えない」

「小島さん」

慣れない警備任務を任せることを、詫びているのだろうか。だが、引き受けた以上できる限りやるしかない。

「…すまないが、頼む」

「はい…外事の方に、教えてもらいながら頑張ります」

侑はホテルを出て羽田に向かった。

◆◆◆

ボーイング747、VC－25と呼ばれる機体は、米国政府専用機と同じものだ。

羽田に置かれた特別機は、執務室、会議室、SP待機室などを備えたアレックスの個人所有機だった。侑はフライト前に空港の貴賓室に隣接した部屋で外事一課と引き合わされた。

「責任者の小関(こせき)だ」

「NBC高橋です。今回はお世話になります」

ずらりと並んだ警護チームは全部で七名だった。どの男も現場慣れした落ち着きと貫禄(かんろく)があり、特に四十代後半と思われる小関は、年齢が持つ貫禄を醸し出している。

入職四年目、ＮＢＣ配属二年目でしかない侑は最年少だ。ぺこりと頭を下げるが、小関からは気のない返事で軽く流されてしまう。

「ああ、お前さんはとりあえずサイドを担当してもらう」

「…はい」

――しょっぱなでサイドか。

警護は、対象者と行動をともにするサイド（Ｓ）、機内各所を警護するアウトサイド（Ｏ）、それぞれの警護者と連携して、動き回るトラック（Ｔ）に分かれていた。持ち場を時間ごとにスライドさせ、サイドとアウトサイドの間に休憩でＳＰ待機室に入るローテーションになっている。侑は警護チームと一緒に、スマホから壁にプロジェクションされたシフト表を見ながら自分の持ち場を確認した。

「十分後に対象者が機内に入る。全員、配備開始」

頷いてザッと全員がそれぞれの担当場所に散っていく。小関が侑のほうを振り返った。

「対象者を迎えに行く」

「はい」

警護は座学と、研修で少しやったことがあるだけだ。本当に実戦の場で守り切れるのだろうかと思うと緊張する。だが、よその課の人間の前で、できなさそうな不安な顔は見せられなかった。

羽田空港の貴賓室は一般のロビーとは別棟にある。重厚な柄の絨毯といくつもの椅子、テーブルが設えられた、ガラス張りの貴賓室に敬礼をして入ると、そこには米国側のスタッフに囲まれたアレックスが座っていた。

——やっぱり、あの人だったのか。

改めて見ると、やはり一般の人間とは違う。

強い眼光、まるでモデルか俳優のように男の色気を感じさせる顔立ち。無駄な肉のないシャープな頬も、精悍さを滲ませる身体も、何もかもが浮世離れしていた。その上、今は初対面の時と違い、仕立ての上質な濃紺のスーツに同系色のドレスシャツ、深い光沢のネクタイ姿で、金髪の堂々とした容姿がさらに引き立っている。

出発を、と促されて立つと侑より頭ひとつ分以上背が高かった。

——まあ、そもそも身体の厚みも違うしな。

絶対筋肉だ、と服の上からでもわかる迫力のあるラインで、比べるのもおこがましいくらい見栄えがする。侑は心の中で軽く羨望のため息をついた。

間近で見たことがないからわからないが、きっと俳優やモデルはこんな風に人間離れした美しさなんだろう。

アレックスが通りすがりにちらりとこちらを見て、侑はその視線にどきりとした。

——面識あるの、わかったかな。

助けてもらった礼を言うべきだと思うのだが、それ以前に名乗りも挙げられないうちにアレックスがすっと通り過ぎる。

——まあ、あの時は緊急事態だったし、警護関係者の顔なんか、いちいち見ないか。

通り過ぎた瞬間に、ほっとしたような残念なような気持ちが交錯する。だがそんな余韻に浸っている暇はなく、侑は小関に従ってアレックスの後ろに付き、機体まで移動するリムジンへと乗り込んだ。

車両全てのドアの前には車に背を向けた警備者が立ち、政府閣僚級の厳重警備になっている。

アレックスが搭乗すると、管制室に連絡が入って滑走路が封鎖され、やがてプライベート機が離陸した。


機内は豪華な造りだった。機体先頭から乗り込むと巨大スクリーンのあるミーティングルームがあり、そこを抜けると一番太い部分に応接ルームがある。機体の内壁に沿って両側に長い湾曲した白い革張りのソファがあり、足元は毛足の長い真っ白な絨毯が敷かれている。

テーブルを始めとした調度品は全て白と金で統一されており、アクセントに木目が使われ、豪華だが落ち着きのある装飾になっていた。その家具の全てが床に固定されていることと、ソファにもシートベルトが内蔵されていることを除けば、本当にラグジュアリーなホテルのようだ。

――飛行機の中とは思えないなあ…。

ごく普通のジャンボジェットしか乗ったことのない侑にとっては異空間だ。だが、アレックスもその側近たちも慣れた車に乗るように、平然と寛いでいた。

こういうのを〝住む世界が違う〟と言うのだろう。

――僕みたいな庶民には一生縁がないよ。

そう思うと、プライベートジェットに乗れたことそのものが、得した気分になった。警護任務だとわかっていても、つい興味深く眺めてしまう。

応接ルームは、広さにすると四十畳程度だと思われた。事前に警護チームからもらった図面だと、この奥に各スタッフの控え室、アレックスの専用執務室、ＳＰの控え室等があり、階下先頭にはアレックスの私室がある。洗面所はもちろん、シャワールームまで完備されているのだ。

警備は日米でエリアを分けていた。アレックス本人とその周囲は日本側が受け持つ。それ以外の機内全てとコックピット、側近たちの安全はロイド社が雇っている専任ＳＰが担当した。

離陸し、高度が安定してしばらくすると、側近たちと打ち合わせていたアレックスが席を立った。歩き出すのに合わせて侑もぴったり斜め後ろに付く。

アレックスの向かう先にはアウトサイド担当がいるし、ここは機内だ。外敵の心配が最も少なく、警護の負担はそれほどないと知ってはいるが、それでも侑は緊張しながら後に続いた。

アレックスが階下へ降りる。どうやら行く先は私室らしい。

こちらの部屋も、応接ルームに劣らない豪華さだ。ただ、部屋は絨毯からカーテンまで、黒味がかった深い赤が基調になっている。

部屋のドアは開けられていた。けれど、入室直前にはセオリー通り侑が先に入って中を確認する。侑は、部屋の真ん中に備え付けられたキングサイズのダブルベッド、機体の小さな窓を覆っているカーテンの裏側、バスルーム内まで扉を開けて確認し、安全が認められてからアレックスのほうを振り向いた。

「確認しました。どうぞ…」

「……」

先ほどまでビジネスライクな顔をして側近と話していたアレックスは、少し面白そうな表情を浮かべている。

ガチャッとドアを後ろ手に閉めてから、アレックスが唇の端を上げてクスリと笑った。

「…格好だけは一人前だな」

――やっぱり、ヘリポートでのことは覚えてたんだ。

笑われて、侑はカッと頬を赤くする。

「あ、あの…ヘリポートの時は、失礼いたしました」

頭を下げたが返事はなく、代わりにアレックスが近づいてくる。侑は金色の目を見つめたきり、搦(から)め捕られたように動けなかった。

「…っ」

骨太の長い指がすっと頬のあたりを擦(かす)めて髪を梳(す)くように耳の後ろへ伸び、想像もしない接触に息を呑んだ。

アレックスの指が、そのまま侑の後頭部をくるむように抱えて引き寄せられる。侑はバランスを崩して前のめりにアレックスのほうへよろけた。

「な…っ何をするんです…っ」

侑を引き寄せた手が、耳朶(みみたぶ)を摘(つ)まんで押し捏(こ)ねてくる。そのざわざわと神経をくすぐる感触と、急に近づいたアレックスの気配に鼓動(こどう)が跳ね上がった。

「離してください…っ」

奇妙な恥ずかしさと、そんな羞恥(しゅうち)を感じた自分を隠そうと、侑は精一杯の力でアレックスから離れて向き合った。

「僕は今回貴方の身辺警護の任務についています。失礼ですが、任務以外の悪ふざけはやめてください」

アレックスは飛行機の中だからと気を緩(ゆる)めているのかもしれないが、警護側に場所の違いは関係ない。それに、自分はたとえ警護経験がなくても任務に失敗できない。この体制でＮＢＣからの出動は自分だけなのだ。ＮＢＣのメンツに賭(か)けて、警護もできないスタッフだと思われるわけにはいかない。

――なんのジョークかわからないけど、ふざけてる場合じゃないんだ。

気持ちも表情も厳しく引き締めたつもりだった。それで、これが遊び半分の警備ではないとわかってもらえたはずだ。

だがアレックスは一瞬真顔になっただけで、やはり皮肉な笑いを浮かべ、軽々と侑の両手首を摑んで持ち上げた。かろうじて足はついているが、ぶら下がる寸前ぐらいの状態だ。

「な…」

「何も聞かされてないのか、親切な趣向だな」

――え…？

縛(いまし)めを振りほどこうとしながら、侑は聞き間違いかと思う言葉に目を見開く。

――今、なんて…？

アレックスを見ると、まるで獲物を狙うかのように鋭い瞳に捕まってしまう。

「お前の任務は警護じゃない」

言われると同時に背後にあるベッドに放り投げられた。

起き上がろうとするが、ずいっとアレックスが近づき、ベッドに追い詰められる。

迫ってくるアレックスが怖かった。捕食される動物のような怯えが本能的にせり上がってきて、抑(おさ)

えようとしても手が震える。

「人を、呼びますよ」

「呼んでどうする。お前は政府公認の人身御供だ。助けなど来るわけがない」

「え…」

驚きを隠せず、思わず声を漏らした。

――何を言ってるんだ？

英語を聞き間違えたのかと思った。だがベッドに膝を乗せ、じりじりと押し迫ってくるアレックスの様子から、とても単語を間違えたように思えない。

――人身御供？

「あ、あり得ない…僕は、男ですよ」

「だからどうした？」

首輪の綱を引くようにネクタイを摑まれ、他に解釈のしようがないほど襲われる格好になった。

――襲われる？　女性みたいにか？

アレックスの肉厚な唇の端が皮肉そうに上がる。

「政府は承知している。お前は接待用の女たちの代わりだ」

犯される…とっさにそう思って、侑は後ずさるようにベッドに上がっていた足を、力いっぱい蹴り上げた。警備対象者だからなどと言っている場合ではない。だが、蹴り上げた足はアレックスが腕で受け止め、逆に摑まれて押し込められる。

「…っつ！」

「行儀の悪い坊やだ」

ベッドの真ん中まで引き摺られ、乗り上がったアレックスの膝で下半身を押さえ込まれてしまう。

アレックスの目が、捕らえた獲物を確かめるように見下ろしていた。侑も必死でその目を睨み返す。

「犬並みの躾が必要か」

「国際問題になりますよ！　いいんですかっ？」

「どんな問題になるんだ？　お前ひとりが何を言ったところで、取り合う奴はいない」

「くっ…離…っ！」

――――こんなのは、嫌だ。

争いごとを好むほうではない。だがどうしても言うなりになるのは嫌だった。

誰がどう言おうと、こんな理不尽な扱いが通るなんておかしい。

侑は押さえられた身体をひねって抵抗を試みた。だが抗えば抗うほど四肢は封じ込められて自由が奪われる。あがきながら、手首を押さえている腕に向かって、唯一自由になっている頭をもたげて噛み付く。

「……！」

アレックスが眉を顰め、腕を横へ振り払いざま、バシッと侑の頬を打った。

「うっ！」

カチャカチャとベルトを取る音がして、打ち据えられた半瞬後には、右腕から順にシートベルトで固定される。

両腕をベッドの端に括り付けながらアレックスが言う。

「反撃も犬並みだな……。ちょうどいい、誰が主人か、上下関係から躾けてやる」

「何……を」

叩かれた頬がジンジンと痺れて痛い。口の中が切れたのか、鉄の苦い味が広がった。力の差と、拘束された不安が徐々に恐怖に変わっていく。

「っ…っ！」

ビリビリとシャツが音を立てて引きちぎられ、侑は反射的に肩を竦ませた。アレックスが、さっきよりもっと大きく自分にのしかかってくるように見える。

侑は必死で縛めるものを外そうともがいた。だが衝撃に耐える強度を持つベルトはビクともしない。腕に力を込めたが、ベルトはピンと張るだけで、アレックスを制止することも、自分の身体を庇うこともできなかった。

無防備に晒された身体に、アレックスが跨るように乗り、ずしりと圧力がかかった。

――……うわっ…。

「…！」

かろうじて心の中で悲鳴を呑み込んだが、身体に感じるアレックスの熱い体温と筋肉の重みが、言いようのない恐怖心を生んだ。アレックスがその様子を冷ややかに見ている。

「どうした。もう抵抗は終わりか？」

引き裂かれたシャツを剝ぎ取られ、スラックスが下ろされた。アレックスの指先の感触に戦慄が走り、侑は反射的に目を瞑った。あたりの空気が牡の情欲に包まれ、侑はその気配に呑み込まれる。

声を振り絞って制止を試みてみるものの、すでにその声は怒りより怖れに呑み込まれて震えていた。

「……っや……」

——駄目だ…怖い…。

同性間の性交など、曖昧な情報しか知らない。何をされるかというより、本当に喰われるのではないかと思うほどの、アレックスの獰猛な気配が怖いのだ。

「やめて……」

みっともなく震えた懇願に、アレックスは答えなかった。

侑は黙って視線を向けてくるアレックスを見つめた。アレックスの表情が複雑になり、代わりに先ほどまでの荒々しい気配が消えていく。侑は心の中でその変化を不思議に思ったが、口に出して尋ねることはできなかった。

まるでなまめかしい生き物のように、アレックスの指先が肌を這い、露わになった腕や薄い胸をなぞり始めた。

両腕はそれぞれベッドの左右にあるベルトで縛められ、無防備に脇が晒されている。アレックスは素肌の感触を確かめるようにゆっくり脇を撫で、次に唇を這わせ、ざらついた舌でそこを舐めた。

急に変化した感触に侑は戸惑う。このぞわりとした、思わず身体が動いてしまうのはなんだろう。

「……はっ」

体温より熱い舌の生々しさに、侑は息を詰めた。脇腹や鎖骨のあたりを舐められ、びくりと身体が反応すると、アレックスはその場所を執拗に嬲り、吸い上げ、そのせいで身体がおかしな風に熱を持った。

ずくずくと身体の奥のほうから得体の知れない熱が湧き起こってきて、侑はその感覚に翻弄され始める。

——なんだ、これ…。

自分の知らない感覚が身体から生まれてくるのがたまらなく怖い。

アレックスの愛撫が起こす感触に怯え、侑は涙声になった。

「嫌だ……」

なんでもいい、この呑み込まれそうな疼きを止めて欲しい。

男のくせに泣くなんて、みっともないと思いつつ、コントロールできず自然に涙が盛り上がってきてしまう。肌を弄ぶ男は、ちらりと上目遣いにそれを見ると、不敵な笑いを見せてより淫らに舌先を這わせた。

「…っ…う」

侑は泣きながら眉根を寄せ、頭を振った。

身体が甘い刺激に熱を持つ。こんな衝動に呑み込まれるのは嫌だった。アレックスがそれを煽っているのがわかるから、余計に嫌だ。

——あの時、助けてくれたんじゃなかったのか？

アレックスを、少しでもいい人間だと思った自分が恨めしく、自由にならない四肢の代わりにぶんぶんと頭を振ると、肌を弄んでいた舌が止まり、苛立ちを宿したアレックスの目とかち合った。

「……そんなに嫌か」

火照り始めた身体の熱と、精一杯の抵抗で息を荒らげたまま、侑は必死で言う。

「あ、あ、当たり前ですっ」

「……」

自分が呑み込まれかけているものが快楽だと、意識のどこかで気付いていたが、侑はそれを認めたくなかった。こんな理不尽なことをされて、快感に堕とされてしまうことが許せない。

勢いで言ったが、アレックスがわずかに眉根を寄せ、目を眇めた。

怒ったようにも、苛立ったようにも見えるが、アレックスの感情はよくわからなかった。ただ、お気に召さなかったことだけはわかる。

「…！」

嘆息とともに鋭く睨まれ、侑はアレックスの怒気に肩を竦めて息を呑んだ。

「手加減をしても無駄か」

——何…？

一瞬消えていた獰猛な気配が再び湧き上がっている。さらに先ほどとは別な、冷ややかな目が気になった。

自棄になったかのような気配に戸惑っているうちに、アレックスの手が下のほうへ下りていく。のしかかられていた圧迫感が消えると、ふいに膝を割られた。

不自然に開かされた下半身の間にアレックスが座り、赤ん坊にでもするように侑の足首を持ち上げて、冷やりとする笑みを浮かべた。

「いい眺めだ」

「…っ！」

カタンと音がして、片手で侑を押さえたまま、アレックスがベッドサイドに置いてあったミネラルウォーターを手にした。

何をするのか想像がつかないまま目で追うと、アレックスが掌に水をたらしている。雫を滴らせた指が、侑の内腿をなぞるようにしながらその奥の窪みへと進み、くちゅくちゅと淫猥な音を立て、ねじ込まれる。

「やっ……！」

視線を受けたままその場所を辱められることに、羞恥を覚えて、頬が焼けるように熱い。見られる恥ずかしさに、自分から目を瞑ってしまう。

「あ…っく」

「呼吸を止めるな、ゆっくり吐け」

「く……」

引き攣れたように息を呑み、異物感に侑は身体を硬直させる。

「や、めて…」

「自分でできないなら、力ずくで馴らしてやる」

「ぐ……ぁ…あ」

侑は、身体の内側を掻き回される、ざわっとした感触に目を見開いた。

侵入り込む指を拒んで、摺り上がるように逃れる。だがアレックスはその細腰を左手で軽々と掴みながら、探り挿れる指を増やしていく。

二本の指が、腹の中でぐちゅぐちゅと蠢いて、痛みなのか快楽なのかわからない、鋭い刺激が脳天を突き上げた。

生理的な涙が滲んで、喉を反らせて声を上げる。

「あっ……！」

アレックスが微かに目を眇めた。

何度か試すように指が抜き差しされ、ひくひくと背をたわませて侑は懇願した。

「……嫌だ……やめて……」

「はねっかえりの仔犬にはいい躾だ」

「嫌……っ……」

くぷ、と指が内襞を掻き分けて引き抜かれ、腰がアレックスのほうへ引き寄せられた。

「助け……て……」

誰か、という言葉を侑は呑み込んだ。相手は、目の前の獲物を喰い終えるまで手放す気はないのだ。

アレックスがジャケットを脱いでテーブルへと放り投げた。

首元のネクタイを寛げ、ほっそりと引き締まった腰のベルトを外す。侑は全裸に近い格好にされたまま、怯えた瞳でそれを見た。

「……ぁ」

シャツの裾からわずかに覗いた下腹部は筋肉が割れ、すでに欲望を滾らせた肉塊が硬く反り返っているのが見える。

両脚をアレックスの膝に乗せられ、腰ごと引き寄せられた。指さえまともに受け入れきれない場所に、太く熱い肉塊が押し入れられる。

「ああ――――っ！」

身体を仰け反らせ、叫んで逃れようとするが、アレックスに腰を掴まれ、深く突き上げられる。

「ああっ！　アッ！　あ、あ……」

腹を抉る熱に、激痛と圧迫感が襲う。

「嫌……い、あ……や……ああぁっ」

「力むと痛みが来るぞ、力を抜け」

「……ッ……」

　指示されるが、言う通りにはできない。強烈な異物感に身体を強張らせると、アレックスがふいに動きを止めた。

　奥深くまで挿入されたまま、侑はひたすら浅く息をした。アレックスは冷徹な表情でじっとその様子を見ている。

――な、に……。

　何も動かないことが気にはなったが、考える余裕はなかった。ただ、挿れられた場所は少しずつその違和感に慣れ、緊張を緩め始めている。

　やがて、気付かないほどゆっくりと内側を擦られた。微妙な感触にいぶかしんでいると、ズッと肉芯を引き抜くように動かされ、じんじんと周囲が疼く。

「う……ぁ……」

睥睨していた目がフッと笑う。

「飲み込みがいいな……」

「……な……」

「中が馴染(なじ)んでいる」

「…い…」

言うなり、アレックスが浅く引き抜いたものをぐっと押し入れ、侑はその得体の知れない感覚に息を詰めた。熱い芯が肉壁(にくへき)を擦って、腰全体にじわりとその感覚が広がる。

「ぁ…や…」

腰の刺激に突き上げられ、変化した侑の性器をアレックスがやわやわと揉(も)みながらゆっくりと律動を始めた。

「や……あ、あっ…や、だ」

深く挿れられると、喉のほうまで言いようのない痺れが走って、侑は首を反らせて喘(あえ)ぎを漏らした。

呼吸が淫らになるにつれ、アレックスの腰の動きが容赦なくなっていく。

「やだ…やだ……ぁあ」

ビクビクと痙攣(けいれん)させた身体の中を、アレックスが強引に出入りする。腰を掴んで揺さぶられ、粘膜(ねんまく)が擦れる音が響いた。

縛められた手首のベルトが、振動でカチャカチャ鳴る。

「あ、あ、あ……ああっ、あうっ！」

「力を抜け、手首が傷だらけになるぞ」

アレックスを拒んで四肢を縮めようとするたびに、固定されたベルトに引っ張られて、侑の手首はギリギリと締め上げられた。

「ああ——っ、あぁっ！」

何を言われても頭には入らなかった。突き上げはどんどん激しくなる。仰向(あおむ)けにされたままがくがくと揺さぶられ、そのたびに泣き叫んで涙がこめかみを伝って零(こぼ)れ落ちる。

アレックスの逞(たくま)しい身体が、自分の腰を引き寄せて貫くのが視界に入る。

「はうっ…、は、…」

腹の奥まで振動が来て、忙(せわ)しなく息を吐いた。

何故、という感情だけが脳裏をめぐる。

一層激しく揺さぶられて、腹の奥にどくどくと体液が注がれる。

「……ぁ……ぅ…はあっ、はあ、は……」

自分を犯し続けたものが引き抜かれ、侑は肩で喘ぐように呼吸した。

ふいに手首のベルトが外され、半身を引き起こされる。

「……」

涙を滴らせた目で息を上げ、驚愕(きょうがく)の表情を浮かべたまま動かない侑の頭を、大きな掌が包んだ。

侑はその力にぴくりと反応したが、何をするのかと問う声は出なかった。

ただ視線を動かすと、アレックスが侑を凝視(ぎょうし)したまま低く言った。

「お前を所有する証(あかし)だ、お前が誰のモノかを思い知らせてやる」

熱い息が微かに頬にかかる。間近で射竦められた侑は、自分を見つめる瞳から眼を逸らせなかった。

「外すことは許さない。覚えておけ」

「な……あ、あーっ！」

バシュッと鈍い音がして、耳朶に焼け付くような衝撃を感じた後、意識が途切れた。

◆◆◆

アレックスが内線で話してしばらくすると、明るい金髪とジェードグリーンの目をした側近がプライベートルームに入ってきた。焦げ茶のスーツに細い金フレームの眼鏡が柔和な印象を与え、その姿は切れ者揃いのロイド・ブレーンらしく見えない。

ダニエルは持参してきたＢ４サイズのアタッシュケースをテーブルに置いた。慣れた手つきでケースを開け、細い工具のようなものを取り出して、ベッドに寝かされている侑へ近づく。

ぐったりと目を閉じる侑の耳朶を半分ほど埋めたピアスが、キラキラと透明な光を反射させていた。

ダニエルは侑の赤く腫れた頬に一瞬眉を顰めたが、黙々とピアスのキャッチを分割して溶接処理を施す。

キャッチを突き抜けた芯は、通常では見かけない太さだった。

直径にして五ミリほどの芯を三つに分け、それぞれに極小のキャッチを溶接する。切断しない限り、ピアスが外れることはない。

アレックスは黙ってそれをテーブル側から眺めていた。

「……う……」

意識を失ったまま呻く侑の、切れた口元を消毒用のコットンで拭ってやりながら側近が問いかけてくる。

「……どうしてちゃんと説明してやらないんです」

咎めるロ調に、アレックスは低く答えた。

「何を説明する。お前はいざとなったら捨てられる、ただの運び屋だと教えてやるのか？」

「あなたはそれを止めてやったじゃありませんか。ちゃんと説明してやらなければ、彼はあなたを恨むだけですよ」

「どう話しても同じだ。これでこいつが危険に晒されることには変わりない。俺は善人面をするつもりはない」

「アレックス……」

ダニエルはまだ何か言いたそうだったが、聞かない、という意志を示してPCに向かうと、背中のほうでわざとらしいため息が聞こえた。

一礼して部屋を出かけたダニエルに、アレックスが声をかける。

「ダニー、しばらくこいつはこの部屋から出さない。ただし、部屋の周囲は誰が近づいても構うな」

「日本側のスタッフが承知しますかね」

アレックスがそっけなく言う。

「何が起きてるか察知できても、奴等には手出しできない」

「同僚ですよ。まさか本当に見殺しにしたりはしないと思いますが」

「最初にある程度含ませてある。奴等もプロだ。任務が大事なら余計なことはしないだろう。命に別状がなければ目を瞑るはずだ」

「……」

そのために接待用の女性を退けたのだ。侑が抱かれることは、少なくとも想定はしているはずだ。それがわかっていても不満なのだろう。ダニエルは抗議の言葉を喉のあたりでうろうろさせている。こいつの言いそうなことなどわかっている。ダニエルは弱い者に向かって力で押し切るのが嫌いだ。侑が警護という立場で、アレックスとの圧倒的な力の差があるのがわかっていて、強引に犯したことを非難したいのだろう。

――非難されてしかるべきだ。別に言い訳をするつもりはない。

ただ、このことでダニエルと話をしたくなかった。頑固に黙っていると、ついにダニエルのほうが折れて、話を切り替えた。

「それで…我々はどの程度目を瞑るべきですか」

機内にいるはずの内通者を炙り出す。彼らは必ず動くはずだ。そのためには餌が要る。閉じ込められて出てこない〝ロイドのお気に入り〟は気になるだろう。

「相手の尻尾が見えるまでこちらも振り回す。ネズミ退治は一気にやらないと意味がないからな」

ヘリ爆破の分析は進んでいる。情報漏れの原因が日本政府側にあるとは、もうアレックスもダニエルも思ってはいなかった。内通者を泳がせる指示に、意図を察した側近が冷静な計算を始めた。

穏やかなブレーンが苦笑する。

「どこのネズミだと思います？」

「うんざりするほどいるからな。さしずめ、テキサスあたりのネズミじゃないか？」

「……承知しました」

パタンと扉が閉まり、あたりにはエンジン音だけが低く響いた。

「……」

アレックスはしばらくPCに向かっていたが、やがて諦めてモニターから目を離し、侑を見つめた。

侑は広いベッドで、羽根枕に肩のあたりまで埋もれて横たわっている。ダニエルに消毒された唇の端が、見ていて痛々しかった。

——自分で傷つけたくせにな……。

押さえ付け、力ずくで犯す…予定になかった自分の行動を苦々しく思い返す。

そんなつもりではなかったと言いそうになって、アレックスはそれを否定した。

——いや、初めから抱くつもりだったんだ。力ずくにしかならないだろう。

「言い訳だな」

どのみち、穏やかにいくはずがない。ただ、そのことに自分が思ったより動揺していただけだ。

侑を、実戦に不慣れで大人しく優しいだけの男なのだろうと思い込んでいた。だからきっぱり任務だと拒否した姿に、一瞬戸惑ったのだ。

——本当に、仔犬みたいだったな。

人慣れしていない仔犬のようだった。力もないのに無謀に抵抗し、そのくせ怯え、涙を溜めていた黒い瞳が鮮明に脳裏に浮かぶ。

——拾われてきた犬だって、慣れるまでには時間がかかるだろう。

人間ならなお、相手に近づくにはそれなりに時間が必要だ。それがわかっていながら、無茶なことをしたのだ。懐かない仔犬に焦れて、それでも彼を手に入れたがった……。

抗われると腹が立ち、逆らわれると征服欲が理性を吹き飛ばす。そのくせ本気で泣かれると拒まれるのが嫌になって、感じさせたくなる…。

――めちゃくちゃじゃないか。

アレックスは、自分らしくない、感情に振り回された行動を自嘲した。

「こんな坊やに振り回されるとはな…」

実際、快感に翻弄されかけた侑は官能的だった。薄くて白い身体が上気し、甘い唇が赤みを増し、優し気なだけの目元に独特の艶が挿す。感じて悶える姿に我を忘れた。だから、余計拒まれたことに腹が立ったのだ。

――怒る筋合いでもないのに…。

こんな形でのセックスに同意する奴はいない。侑の怒りも拒絶も、当然なのだ。そして、たとえ拒まれても、こうするしかないと思っている。

――別に好かれる必要はない、これは新たな〝コードε〟に過ぎない…。

日本側のやり方を批難できる立場ではないのだ。自分もまた、この男に餌としての立場を強制しているのだから。

「……」

憎まれて当然で、余計な感情など持つものではない…そう自分に言い聞かせながらも、侑の顔とやわらかな声を思い出す。

《よかった…》

「侑、か……」

アレックスは吹っ切るように侑から目を逸らし、また机に戻った。

◆◆◆

低いエンジン音が急に耳に響いて、侑はうっすらと目を開けた。鈍い意識がはっきりするにつれて、身体のあちこちの痛みも意識にのぼってくる。

どこにいるんだっけ、とぼんやり記憶を辿（たど）った。

「……飛行機の、中だ……」

まだよく回らない頭で考え、自分のいる場所が、アレックス専用の私室だったと思い出して反射的に起き上がった。

「っ……、痛……？」

耳朶が熱を持って腫れていた。何が起こったのかわからず手をやると、指がピアスに触れた。慌てて取ろうとするが、耳の裏側には複雑なキャッチの感触がするだけで、外すことができない。

「外すな」

鋭い声がして、テーブルの向こうに目をやると、アレックスがこちらを見ている。

「あ……」

突然記憶がクリアになって、侑は恥ずかしさで口元を覆った。スラックスは元通りにされているものの、上半身は裸のままだ。

腰全体に鈍痛がして、脚や手首がヒリヒリと痛い。

ピアスどころではない。侑は甦る記憶に血が沸騰しそうだった。

男に、犯されたのだ……。

ジンジンと痺れる手首の傷も、腫れて鈍く痛む耳朶も、腸に残る挿入の感覚に比べれば、なんということはない。

屈辱で頭がくらくらする。

女性との経験がないわけではない。だが同性間のそれは性交渉というだけではなかった。セックスというより、強いものが力で押さえつけてポジションを徹底する、野生動物の牡の行為に似ている。

「……」

「……」

侑は、言うべき言葉が見つからないまま怒りで黙った。アレックスは感情の読めない鋭い瞳で見ていて、両者は距離を置いて睨み合いのような格好になる。

――こんな奴……。

絶対許さない。睨んだまま目を逸らさないでいると、ゆっくりとアレックスが立ち上がる。侑は反射的にビクリとして後じさり、あやうくベッドから落ちかけた。

怒りの感情があっても、とっさに起きるのは恐怖感ばかりだ。

侑はアレックスが近づいてこないのを確認しながら、危なっかしい手つきでよろよろとベッドから降り、周囲を回って靴を探した。

頭の中はまるで思考が回っていなかった。考えなければと思うのに、震えていうことを聞かない手足を動かすので精一杯だ。口を開くと叫び出しそうで歯を食いしばるしかない。

アレックスを非難すべきだと頭の片隅にある理性が言う。上司に報告、とか、訴えてやる、とか、ばらばらに単語が出るのに、何ひとつ理屈立ててまとまらない。

「おちつけ…おちつけ……」

呪文のように言い聞かせてみるが、終いには混乱して自分が何を言っているのかわからなくなる。黙って見ているアレックスのことも、考える余裕がない。ただ、フラフラのまま靴を履いた時、そばに吹っ飛んだ時計が落ちていて、それが交替時間という単語を思い出させた。

――時間が…次の人が来る。

急に現実を突き付けられたような気持ちになって、侑は慌てた。

――誰かが来たら……。

交替の時間が過ぎていることにしか気が回らない。自分の姿を客観視することもできず、ただ交替のスタッフが部屋に入ってきたら、という心配しか頭に浮かばなかった。

ふらつく足で出口へ向かったが、ドアを開ける寸前、背後からの影で目の前が暗くなった。

アレックスの気配に、ビクリと身体が竦む。

「その格好で外へ出る気か」

「……交替、しなきゃ……もう次のシフトの人が……」

侑は焦点の定まらない目線で、独り言のように言った。日本語で言ったという意識はなかった。

バン、と大きな掌がドアに叩きつけられ、侑はアレックスと扉の間に挟まれた。

ビクリと引き攣って振り向くと、つい先ほどの恐慌が甦る。

「外へ出るな」

「こ…交替の、スタッフが来ます」

侑は掠れた英語で答えた。

「外に立たせてある」

「僕は、非番なんです。職務外の時間だ、貴方の指示に従う必要はない……」

歯向かおうとする小動物をいたぶるように、アレックスの指が侑の顎を取った。

アレックスが喉の奥で低く笑う。

「非番ならなお都合がいい……お前がどこにいようとかまわないわけだな」

「な、なんでそうなるんです！」

「声がひっくり返ってるぞ。そんなに怖いなら素直に従えばいいものを……馬鹿な奴だ」

「……企業のトップが、腕力で言うことを聞かせようだなんて、卑怯だと思わないんですか」

震えを押し殺して言い返す侑に、アレックスが凄みのある笑みを浮かべた。

アレックスは常に上に立つ者だけが持つ、支配者の貌をしている。

「企業の力も俺の腕力も、基本的には同じものだ。俺は、俺の力でお前を従わせただけだ」

「僕は暴力には屈しない……貴方の言う通りになんか、な、なりませんから」

「……その言葉を覚えておけよ」

「……？」

アレックスの笑みが、冷ややかさから、何かを楽しむような含みのあるものに変わった。スッと顔を近づけ、反射的に肩を竦ませる侑の耳朶へ唇を寄せて囁く。

「力でない支配を教えてやる……」

「…！」

くちゅ、と濡れた舌先が耳介をなぞって穴へとねじ込まれた。

甘噛みされ、耳裏から首筋を舌で舐られると、熱さと、ぞわりとする感覚に思わず声を漏らしてしまう。

「お前はことのほか反応がいいからな」

「……は……っ…」

なにを……、と上がりかけた声を呑み込む。

骨太の手が侑の腰を抱き寄せた。腰から臀部を撫で、摑み、揉みしだいてから内腿へと侵入してくる。その間にもう一方の腕がしっかりと侑の胴を抱きかかえ、アレックスの身体にぴったりと密着させられた。

皮膚の下で張りつめた筋肉と、熱い体温を感じて、侑の呼吸が知らぬ間に上がっていく。

「……ん……んぁ……は」

首筋を這う唇が淫靡な音を立てて肌を吸い上げる。侑は煽られる快感に、ゾクゾクと肌を粟立たせた。ぴちゃ、という淫らな音が耳に響くたびに、腰に電流のように刺激が走る。

反応を確かめるように、アレックスが侑を見ていた。

それをわかっていても身体が勝手に反応し続けた。アレックスの手があちこちなぞるとビクビクと身体が痙攣して、瞳が潤んでいく。

こんな感覚は初めてだった。耐えきれずに喉を反らせて吐き出す息は、自分で恥ずかしくなるほど熱い喘ぎになる。

「止めて……嫌だ、やめ…て」

「これは嫌という態度じゃないな」

「ぁんっ……ぁ」

快感でガクガク揺れる腰から、戦慄いている中心へと手が伸ばされた。侑のそれはすでに勃ち上がって、布越しに触れてくる指に、はしたないほど反応している。

「勃ってるくせに、虚勢を張るな」

「嫌だ……っ……触らないで……あ」

涙目で懇願して、アレックスを見た。

言葉で拒みながらも、皮膚に押し当てられる唇の、生々しい感触に股間がジンと熱を持って昂った。

ぎゅっと目を瞑ってそれをやり過ごそうとするのに、快感で涙が滲む。

「…っ…く…ん」

自分の意志とは裏腹に、コントロールを失って追い上げられながら、こんなのは嫌だ、と侑は思った。

快楽に身体が支配されていく……。なのに、抵抗できない。

アレックスは唇を押し当てたまま胸元から侑を見上げ、怜悧な表情を崩さない。喜悦の波に呑み込まれていく侑を眺めながら、嘲るように追い上げていった。

アレックスの手が下着の上から侑の性器を握り、ぴくんと勃ち上がった小さな胸の粒に唾液を絡ませて舐め、吸い上げて刺激する。

「ぁあっ……ん、んんっ、は、んっ」

仰け反る胸元から、唾液が腹へと伝い落ちた。

侑の膝ががくん、とくずおれた。立っていられずに力を失う身体を、アレックスが片手で掴み、ドアに押し付ける。

「あ……」

壁を背に立たされたまま熱い息を吐き、襲ってくる喜悦の波をどうすることもできずに、頭を振る。アレックスは下着から指を滑り込ませ、雫を溢れさせたものを扱き上げた。

ダイレクトな刺激に、侑の腰がビクリと跳ねる。

アレックスは、根元まで指を絡ませ、きつく締めたまま、達きそうで達かないように侑を焦らす。

絶頂寸前のまま押さえ込まれる、甘い拷問に侑は身体をくねらせて悶えた。

「あ……あ、あ、はぁ……ぅんっ」

快楽を逃がすように、ドアのほうへ身体をねじった。開いた唇から漏れる切なげな声の合間に、カタカタと身体がぶつかってドアが音を立てる。

逃れようとする侑を後ろ抱きに捕まえて、アレックスが耳元で囁いた。

「良い声だ、向こうのギャラリーにも聞かせてやれ……」

「な……あ、ぃや……だ……あ、ぁ」

――聞かれてる……。

スライド式のドアは、構造上しっかりした造りだったが、感触は一般的な航空機内部のドアと同じだ。密閉性はさほどない。

ドア一枚隔てた通路には、アウトサイド担当のスタッフが控えている。

この向こうには、小関たちがいるのだ。

「っ……っく……」

——知られたくない……。

けれどいくら抑えても、荒い息が甘ったるく掠れる。侑は唇を嚙み締めて吐く息を押し殺した。

「ッ……んっ」

「どこまで我慢が続くか見ものだな」

アレックスが首筋に口づけながら低く笑った。

脇から挿し入れられた手が、ぷっくりと充血した胸の粒を指で摘まみ、絶頂寸前の性器と同時に嬲る。侑は全身に震えが来る刺激に喉を反らせ、涙を滲ませながら耐えた。

「っ……っ…っぁ……く」

その様子を楽しむようにアレックスが握り込んだ鋭敏な先端を、爪で割るようになぞってさらに責める。

「ん……んっ、んっ……ん」

「達きたいなら達かせてやる」

「ん——っ……っ」

頭を振ってもがくが、アレックスに半身を擦り上げられ、耳朶を責められ、同時に乳首を捏ね潰されて、侑は強制的に達かされた。

抑えきれなかった声が高く上がる。

「あ、ああっ……んんっ！」

ビクビクッとアレックスの手の中で揺れて、白い体液が放出された。アレックスは胸を上下させて呼吸を乱した侑の身体に、その体液で濡れた指を挿し入れた。

指が侵入した感触に、ビクリと反応する。

アレックスが皮肉な笑みを浮かべた。

「指に吸い付いてくるぞ、俺に抱かれるのは嫌だったんじゃないのか？」

「やめ……やめて……」

「その声も筒抜けだ」

「！　……っ……」

侑は指を引き抜こうと背を反らせたが、がっしりしたアレックスの両腕で羽交い締めにされただけだった。

立ったまま膝を割られ、指の代わりにぐっと圧迫感のある肉塊が入ってくる。

「…………ッ」

欲望の滴る肉塊が、灼けるような熱さで身体の中を侵していく。体格差のある侑の細腰は、やすやすとアレックスの手に掴まれて貫かれた。

ぐちゅぐちゅと濡れた粘膜の音があたりに響く。

突き上げられる反動で、すがりつくように手を置いているドアがガタガタと音を立てた。圧迫されて吐き出す息のリズムとともに、それは静かな機内で淫猥な空気を生む。

「っ……っく……っ……」

侑が息を押し殺そうとするたび、辱めるように、アレックスが強く揺さぶって声を上げさせる。

「あ……あ、あ、あっ、あ…んっ」

激しく突き上げながら、後ろから抱いた手が再び滴を溢れさせたものをいじり、充血した胸の粒を甘く掻いて悶えさせた。

堪(こら)えきれずに漏れる声が、律動する音に重なる。

快感に反応し、唾液が仰け反る喉を伝い、その感触に侑は耐えきれず懇願した。

込み上げる喜悦と、声を押し殺す拷問に気が狂いそうだ。

「嫌…ぁ……あ、許して……嫌だ、あ、ああっ…んんっ」

「お前は俺を呑み込んで悦んでるんだ。二度と大きな口は叩けないな」

「ああっ、いや…ぁ……あああっ！」

「お前は俺のものだ。お前の意志などないと思え」

念を押されるように身体に教え込まれ、侑はいつそれが終わったのかわからないほど何度も絶頂に導かれた。

◆◆◆

雨だ、と思って侑は意識を取り戻した。

ザアーッという水の音が聞こえてくる。いったいどのくらい時間が経ったのか、感覚がなかった。

「……」

侑はフライト中なのを思い出し、もしかしたら外は雨なのかもしれない、と思った。身体が鉛のように重い。瞼を開けるのも億劫だった。雨音がやわらかく聞こえて、いつまでもそれを聞いていたくなる。

聴覚だけ覚醒した状態から、電子音で目が覚めた。

「なんの……音」

だるく重い手足を無理に動かして起き上がると、テーブルの上に、開きっぱなしのノートパソコンがある。その向こうのバスルームが点灯していて、雨音だと思ったものがシャワーだと気付いた。

「そうだ、飛行機なのに、シャワーがあるんだった……」

侑はつぶやいてのろのろとベッドから這い出した。ご丁寧にシートベルトが装着されていたが、今は拘束されているだけで手足を縛られた記憶が甦って、妙な恐怖感に襲われる。とにかくベッドから離れたくて立ち上がると、ふいにＰＣのモニター画面が目に入った。

メール画面に新着の表示が出ている。

「これか……」

さっきの電子音がなんであるかに気付き、視線が止まった。相手が誰であろうと、他人に送られたメールを見るのはマナーに反する。侑は礼儀正しく目を逸らそうとし、しかしそのドメインを目の端に捕らえてもう一度視線を止めた。

このドメインは連合軍のものだ……。

ロイド社は軍事企業だ。当然、そんなアドレスからのメールはいくらでも来るだろうと思ったが、それでも目が止まって、侑は件名を読んでしまった。

《〝コードε〟中止に伴うフライトルート変更について》

「イプシロン？」

画面表示はＥではなかった。ｅによく似たギリシャ語の小文字は日常生活でそう使う文字ではない。だが理数系を専門とする侑にはごく馴染みのある記号だ。材料工学などでは、ひずみを表す記号として使われている。

とっさにさまざまな出来事がリンクして、侑はこのコードネームが自分と無関係だとは思えなかった。

自分がやるはずだった手荷物輸送は何故か直前で中止された。急に決められた、担当外の任務。警護対象者へのメールに使われる、記号を付けられたコードネーム……。はっきりした糸は見えないのに、何もかもが同じ一本の線で繋がっている気がしてならない。

侑は画面を凝視した。しかしさすがにメールを開いて見ることは躊躇われ、件名以上のことを窺い知ることはできなかった。

「………」

がたんと音がして、シャワールームの扉が開いた。侑はびくりと音のするほうを見る。

アレックスは黙ったままだった。ぽん、と厚手の白いバスタオルを投げられて、慌ててそれを受け取った。

「使え。替えのシャツは用意させる」

「あの……」

「そのままでいたければ、それでもかまわないが……」

「……お借りします」

硬い表情で答えたが、シャワールームに行きかけて、無造作にバスタオルを腰に巻いただけのアレックスを見つめた。

すっと広い肩、割れて盛り上がった筋肉が、真っ白な肌になめらかな影を作っている。見ているだけで、無駄をそぎ落としたこの美しい肉体の、熱い欲望を無意識に思い返す。

「……なんだ？」

「え……いえ……なんでも」

アレックスが冷ややかに笑った。

「安心しろ、風呂の中まで襲いに行く気はない」

「そんなつもりじゃ……」

「俺の身体に欲情したわけじゃないのか」

「！　……しませんっ！」

カッと顔を赤らめて、侑はシャワールームに駆け込んだ。アレックスがその様子を、含んだ笑いを浮かべて見送ったのは気付かなかった。

機内とは思えないほど贅沢(ぜいたく)な湯量のシャワーを頭から浴び、侑は雑念を振り払うように頭を振った。心中で自分に言い聞かせる。

しっかりしなくてはいけない。自分はＮＢＣから派遣されて警護についたのだ。外事のスタッフと連携を取って職務をまっとうすることに全力を注がなくてはいけない……。

それでも、考えれば考えるほど疑念が湧く。

シフトの交替はなかった。警護対象の部屋にこもりきりの自分を、何故外事チームは不審に思わないのだろう……。

《お前は政府公認の人身御供だ……》

そんなはずがあるわけない……。

だが否定したいと思うそばから、否定しきれない根拠を見つける。

何故警護が任務ではないNBCの自分がこのチームに組み込まれたのか。上司の小島は最後まで侑を着任させたくなさそうだった。

《今、俺たちNBCは立場上不利だ。俺はお前を庇えない》

——それは、こういう意味だったんですか？　小島さん。

何もかも事前にわかっていて、本当に上司は、NBCは侑を人柱(ひとばしら)として差し出したというのだろうか。

何もかもが信じられず、しかし信じていたくて、侑は思わず叫んだ。

「僕は、警護の命令を受けただけだっ……」

動いた拍子に、体内に残っていた体液がとろりと内腿を伝い落ちた。

残滓(ざんし)の生温かい感触に、内部が意志を無視して疼く。

「……っ…」

心と身体をバラバラにされた気持ちがした。女のように悲鳴を上げて悶え、どうしようもない快楽に呑み込まれた自分が情けなくていたたまれなかった。

アレックスの言う通り、暴力に屈したのではなく、自制心を失ってセックスに溺(おぼ)れたのだ。

「どうして、こんなことに……」

ダン、と壁をこぶしで叩いて、やりきれない気持ちに涙を流した。

出てきた時には、アレックスの言葉通り、真新しいシャツが用意されていた。侑はそれを複雑な気持ちで手に取った。

◆◆◆

「マッカラン空港？」

何故ラスベガスに？　と侑は眉を顰めて聞き返した。

「一時着陸だ、給油を兼ねてる」

着陸予定のダレス国際空港とはまるっきり反対方向だ。侑は不審をアレックスにぶつけた。離陸からこっち、部屋から一歩も出ないうちに、飛行ルートは変えられ、当初の予定が次々と変更されている。

「VC－25は七十二時間給油なしで飛べるはずです。本当の目的はなんですか」

「お前が知る必要はない、あと三十分で着陸体勢に入る」

「ミスター！」

「シートベルトに括りつけられるのがクセになったのならやってやるが？」

「けっこうです！」

室内でシートベルトサインが点いた。侑は内心冷や汗をかきながらドアに一番近い、補助用の椅子を壁から引き出して腰掛けた。

アレックスは軽い気持ちで口にしたのだろうが、言われたほうは理不尽だと憤慨するより、まだ恐怖感のほうが強い。

精一杯牽制しながら、アレックスに一番遠い位置で着陸体勢に入り、特別機はグランドキャニオンを越えて、歓楽の街、ラスベガスの空港へ向けて高度を落とした。

飛行機は轟音を上げ、暗いアスファルトに埋め込まれた誘導灯のラインに沿って着地した。

夜の国際空港には無数の白色照明灯が灯り、ゲートごとに円陣形に機首を突き合わせている航空機が、機体を浮かび上がらせている。

侑はカーテンからそっと窓の外を覗き、エアラインごとに色とりどりのマークを掲げた尾翼が物珍しくてしばらくの間眺めていた。

職場に外国人犯罪を担当する部屋があるし、科学関係の論文を読み書きするので一応英語はできるが、実際に国外に出たのは、数えるほどしかない。夜の空港は侑にとっては初めてで、それは素直にきれいな光景だと思えた。

機体は管制塔から指示を受け、ゆっくりと滑走路を進む。デッキが機体に付けられ、準備が整うと、機内アナウンスのようにスピーカーから案内が流れた。もういつでも外に出られるらしい。

アレックスはごく普通に立ち上がって部屋を出かけた。侑もそれに合わせて補助椅子をしまい、外に出る態勢になるが、アレックスがふいに立ち止まって侑の顎を取った。

怯えを隠しながら、抗議を込めて睨んだが、アレックスは漆黒の瞳をじっと見下ろしている。

「な……んです」

アレックスは侑の耳にかかった、まだ濡れそぼる黒髪を人差し指で掻き分けながら言った。

「ここから出ても、そのピアスは外すな」

「……これになんの意味があるんです」

微かに語尾が震える侑に、アレックスは喉の奥でクッと笑う。

「言っただろう。お前が俺のモノだという証だ。……さしずめ、犬なら首輪だな」

「僕は貴方の犬じゃない」

金色の瞳が獰猛さを増して獲物を見た。

「まだ身に付いてないなら、ドアの向こうで躾けてやるが？」

「！」

ビクッと侑の肩が竦み上がる。恐怖の色が隠せなくなった侑に、アレックスが覇気を弱めた。

アレックスが、侑の顔から目を背けて言い捨てる。

「晒し者になるのが嫌なら、大人しくしておけ」

「……」

――怖い……。

服従するしかなかった。

侑はただうなだれて、部屋を出るアレックスの後に付いた。叛意を表すことも、恐怖感でできない。

ドアを出るとそこには、小関や他のスタッフが警護についていた。

侑はとっさに顔を下げてアレックスの後に続いた。小関の顔はとても見られなかった。

――皆ここにいたんだ……。

出てみると、私室のドアはやはり機内の他のドア同様、驚くほど薄い造りだった。これでは何があったか筒抜けなはずだ。

全て聞かれていた、と思うと羞恥で頬が熱くなる。できればこの場で消えてしまいたいくらいだ。

アレックスの隣には側近が三名付いた。焦げ茶のスーツを着た男が、ちらりとこちらを見たが、侑は俯いたままその視線を避けた。

デッキを通過した頃には、外事チームの一団に左右を取り囲まれるようにして歩いていた。侑に声をかける者は誰もいない。

「わ……」

「危ない」

つまずいてよろけた侑を、隣にいた警護チームの男がとっさに支える。

「大丈夫か？」

「はい…」

男はちらりと侑の腫れた口元を見たが、これといった反応はなかった。

アレックスは、シフトでサイド担当になっている男たちに囲まれて、貴賓室へ向かっていく。機内から出た途端に、アレックスは侑に一瞥もくれなくなった。

人前で触れられないことにほっとしながらも、周囲への違和感を拭えない。

――気付かないはずがない。

何故誰も何も言わないのだろう、という疑問が頭をもたげた。

何かあったのかと、訊ねられるかと思っていた。むしろ、どこまで説明すればいいかに悩むだろうと思っていたほどだ。だがこうまで自分の異様な姿を無視されると、どうしていいかわからない。

侑は崩れていきそうな足元を凝視した。

――何故…どうして……。

誰からも聞かれないのなら、自分で報告するしかない。

――誰に？　小関さんにか？　他部署の？

この任務だけで言えば、小関に相談するのが筋だ。だが犯された事実を自分から小関に言い出せそうにはない。おそらく聞かれていただろう事態を、改めて口にできそうにはなかった。

同僚の後ろに付いて歩く足が一瞬止まる。

――まさか…。

侑は俯いたまま目を見開いた。小関は知っていて無視しているのだろうか。自分が直属の部下ではなく、余所者だから放置されるのではないか。

《お前は政府公認の…》

何度打ち消しても湧き上がる言葉が脳裏にちらつく。

本当に最初からそのつもりだったとしたら……。

侑は動揺したまま、別働隊のスタッフと一緒に割り当てられた部屋へ入った。

小関が伝達事項を淡々と説明する。

「これから給油と点検が済むまで、ミスター・ロイドは市内のホテルに移動する。先導車両はFBIが担当。対象車両、後続車両はこちらが担当する。装備は標準。振り分けは以下の通り。トラック担当がダミー車両と先にホテルに入ってチェックを行っている。安全確認が取れ次第移動開始だ。以上」

スタッフは一斉に敬礼して了解した。

個別に追加の装備が支給され、侑は銃とマガジンの他に、ショルダータイプのホルスターを手渡された。部屋の隅の椅子に腰掛け、俯いて装備をするふりをしながら、心中は膨れ上がる疑念でいっぱいだった。

「……」

任務ではなかったのか、最初からそのために着任させられたのだろうか…。

不審が不審を呼び、自分だけが陥れられたような気がしてくる。

もしそれが事実なら、後で自分がどこへ訴えても、誰も証言はしてくれない。

相手は日米国防の要なのだ、国家外交の前では個人の被害などまず間違いなく揉み消される……。

どこにもぶつけられない憤りが、侑の中で渦巻いた。

——どうして……。小島さん、僕はNBCからも見捨てられたんですか？

NBCも外事も、国家までもが自分を供物にしたのではないかと思えてならない。

「……」

「高橋君、その充塡では詰まるよ」

「え？　はい？」

「危ないな、NBCは銃を携帯させないんだったね。貸してごらん」

考え込んでいた侑に、隣にいた壮年の男が声をかけてきた。銃を手渡すと、男は慣れた手つきでマガジンに弾丸を充塡してくれた。

「すみません」

「今回の給油は想定外だ。何が起こるかわからないから、こっちも全部には目が届かない。NBCさんも本領を発揮してくれよ」

「……はい」

普通の会話が、胸の奥に響くほど深く刺さる。

――勘ぐり過ぎなのか……？

本当に、仕事として抜擢されたのだろうか。侑は意外な発言に、男のほうへ顔を上げた。男の淡々とした物言いが、猜疑心に歯止めをかける。

振り回されているのは自分だけではない……そういう考えはそれまで思いつかなかった。

周囲の全てがグルになって自分を追い込んでいる気がしていた。だが、誰にとってもこの事態は予想外のことなのかもしれない…そう思うと、頑なになっていた気持ちがほぐれていく。

「頑張ります。銃器類はあまり得意じゃないんですが」

「はは、そっちは俺たちがやるよ。代わりにこっちは化け学系がてんでわからなくてね。ハイテク機器なんか本当にお手上げだ」

「NBCはそのための組織ですから」

穏やかに言ってそっと周囲を見渡すと、どのスタッフも黙々とそれぞれの配備につく準備をしている。

皆、侑のことなど気にもしていない。

プロとしての徹底した様子に、自意識過剰になっていたのかもしれない、と思い直した。

そう思い始めると確かに当たり前のことだった。警護についたら二十四時間びっちり対象者に張り付きになる。風呂だのトイレだの、生理現象までいちいち云々していたら警護は務まらない。

「……」

あの部屋で起きたことが、仕組まれたものであってもなくても、それを公に口にするものはいないのだ。

――それだけのことなんだ……。

誰の口にものぼらない…けれど同時に、あの陵辱は〝なかった〟ことにされる。

だがあれは確かに〝あった〟のだ。

侑はまだ熱を持って痛い左耳にそっと触れた。

長めの髪が幸いしてそう目立たないが、それでも動くたびに髪の間から耳朶を貫いたものがキラキラと反射して光る。

――でも、自分は任務を受けて搭乗したのだ。本当に仕事なんだ……。

侑が自分に言い聞かせている時に、入り口で小関の声がした。

「高橋、サイド担当にシフト替えだ。貴賓室で出発まで対象者と待機」

「……はい」

複雑な緊張感が胸に立ち上がって、命令通り貴賓室へ向かった。

　赤と金の豪華な絨毯が敷かれたＶＩＰラウンジは、歓楽の街であるラスベガスを象徴するように、よその空港では見られない派手なインテリアだった。

　侑が部屋に入ると、アレックスの横にいたサイド担当が目礼(もくれい)して交替し、次のポジションへ移動した。部屋はアレックスと侑のふたりだけになる。

「側近の方々は？」

「ダミー車両でホテルに向かっている」

　侑は頷いて、途中だった銃の装備をした。

　黙って眺めているアレックスの視線を感じながら、この距離なら大丈夫だろうという程度までアレックスから離れて部屋の端に寄った。

　ジャケットを脱いでホルスターに腕を通し、改めてジャケットを着込んでから銃を収める。

　おっかなびっくりという腰の引けた態度は格好がつかなかったが、もうすぐ移動するのだ、今支度しないわけにはいかない。

　アレックスの可笑(おか)しそうな声が聞こえた。

「装備は勇ましいが、本当に撃てるのか？」

「僕の任務はあなたの警護です、色事の相手じゃない」

　侑は目いっぱい厳しい顔を作って睨み返したが、アレックスは鼻先で笑うだけだった。

「せいぜい今度は気絶しないように頑張ってくれ。抱いても爆音でも失神されるんじゃ、担いで移動するほうも面倒だ」

「っ……」

絶句した後、正面切って言い返せない侑は、小さく日本語で悪態(あくたい)をついた。

「なんでそういちいち……」

「何か言ったか？」

「なんでもありません」

アレックスの面白がっている笑いを止めたいが、悔しいことに睨みつけても自分には嘲笑(ちょうしょう)を止めるほどの迫力が出ない。

侑は頬を赤らめてぷいっと目を逸らした。

「……」

憎しみを持っているはずなのに、気付くとアレックスと感情的に会話している自分がいて、侑は複雑な感情を銃と一緒にホルスターにしまった。

◆◆◆

侑とアレックスを乗せた車は、空港からラスベガスのメインストリート、通称〝ストリップ〟と呼ばれる目抜き通りへ向かう。

広い車内で、侑はアレックスと向き合って座った。運転席と助手席には、それぞれ地元ＦＢＩと外事一課のスタッフが配備されている。

滞在を予定したホテルまで、十分程度の移動のはずだったが、空港を出た車はすぐに派手なブレーキ音を立てた。

乾いた発砲音がして先導の車が蛇行し、さらに強い発砲音の後横転する。とっさにサイド警備の大崎が銃を構えて、臨戦態勢を取った。

助手席から落ち着いた声で指示が出る。

「伏せてくださいミスター」

「大崎さん！」

「高橋君も伏せて。蛇行して振り切ります、転がらないようにしっかり摑まって」

「はいっ！」

助手席のほうではすでに、大崎が迎撃している。

——何かがおかしい……。

どこが、なんのためにこんなに狙ってくるのだろう。こんなに立て続けに襲われることなどあるのだろうか。

——狙いは本当にアレックスなのか…？

ドライバーはブレーキとアクセルを同時に踏み、急旋回しながら追っ手と格闘している。

——いくらなんでも、ここまで人目のある場所で銃撃戦が起きるのは尋常とは思えない。

「こんな、なりふりかまわないなんていったい……」

ふとアレックスを見ると、こんな事態にも動じている様子はなかった。

「しゃべるな。舌を嚙むぞ」

「うわ……っつ」

　耳を劈く音を立てて、横に並んだ車が激突してきた。アクション映画そのままのような派手な銃撃戦は、侑にはかえってリアリティがない。ただ揺れる車内で転がらないようにシートにしがみついているのが大変なだけだ。

　消音銃で撃たれたフロントガラスが、蜘蛛の巣のように白くひび割れた。

「防弾ガラスが……」

　驚いて運転席を振り返ると、ハンドルを握ったまま、額を打ち抜かれたＦＢＩの人間はすでにこと切れていた。応戦していたはずの大崎も、悲鳴もなく即死している。

「大崎さんっ！」

　――どうしよう……。

　動揺してもたつきながら、侑は上着の内側から銃を取り出した。だが揺れる車内と震える指ではセーフティレバーを外すことすらできない。

「貸せっ！」

「あ……っ！」

　侑の手からアレックスが銃を奪い取った。

　アレックスはヒビが入って視界が悪い窓を台尻で叩き割り、銃口を出して相手車両のタイヤを狙っている。

「ハンドルを取れ！　激突するぞ！」

「え……で、でも運転なんて」

「死にたいのか！」

侑は追撃車両から目を離さないままのアレックスに、片手で運転席のほうへと押しやられた。

左側のタイヤがパンクして波打っていた。死体の足はおそらくアクセルを踏んだままなのだろう、車のスピードは衰えない。

侑は夢中でハンドルにかぶさった死体からコントロールを取り戻し、足元のブレーキペダルの位置を探る。

「ブレーキ、どこに……」

足で探ってもペダルが見つからない。

「車を止めろ！　振り切るのは無理だ」

「そ、そんなこと言われても」

「止められないなら飛び降りろ」

「ま、待って！」

いちかばちか、と侑はハンドブレーキを引いた。

鈍く速度の落ちたところを狙ってハンドルを歩道側に切り、横転に近い形で車両を止めた。

タイヤが縁石に擦れて、鈍い音を立てて空転している。

大きな窓が幸いして、侑の身体は楽に車外に出られた。素早く外に出ていたアレックスに、引っ張り上げるようにして立たされる。

「こっちだ！　走れ」

「はいっ」

通りは夜空の星を掻き消すような明るさだった。

「わ……」

色とりどりのライトやネオンが輝き、通りの両脇でひっきりなしに音楽が鳴っている。

――ディズニーランドみたいだ。

侑は思わず周りを見渡した。

街全体が巨大なテーマパークだった。

ホテルなのかアミューズメントパークなのかわからないほど派手に造られた施設と、夜は数十分おきに行われるパフォーマンスのせいで、日本でなら大騒ぎになるはずの銃撃戦も、悲鳴が歓声に紛れてしまい、現場を少し離れると誰も騒ぎに気付いていなかった。

そびえ立つ自由の女神、積み木のおもちゃみたいな城の形をしたホテル、闇夜に浮かび上がるスフィンクスと巨大なピラミッド……雑多で猥雑で、ばかばかしいほど華やかだ。

侑はアレックスに腕を引っ張られ、観光客に紛れながら建物に向かう。

「ラスベガスはカジノで莫大な金の落ちる街だ。どのホテルも、うなるほどの大金と客を守るために、セキュリティに金をかけている。路上にいるよりホテルのほうが安全だろう」

「…あ」

――そうか。

ライオン像がそびえ、緑にライトアップされた巨大なホテルの上には、『グランドホテル』の文字がでかでかと掲げられている。侑は人で賑わう車寄せを抜けてホテルに入った。

ホテルは外観も派手だったが、中はもっと賑やかだった。

艶（あで）やかな絨毯、電飾を施したきらびやかなロビーにはスロットマシンが並び、いたるところに人がいて、天井も高くだだっ広い。ホテルに入ったつもりだったのに、この光景を目にしていると自分の現在地が掴めない。

「カジノ……ですか、ここ」

「フロントロビーだ」

「え？」

「どこのホテルも、マシンの間を抜けて金を落としてからでないとフロントに辿り着けないようになっている」

侑が驚いて目を丸くすると、アレックスが面白そうな顔をする。

「日本にカジノはないんだったな」

――話には聞いていたけど…。

なんという規模だろう。侑はぐるりとあたりを見回して途方に暮れた。

雑多で賑わい過ぎていて、人が多過ぎる。怪しいと言えば全ての人が怪しく見え、危険かどうかの判断がつかない。

これで安全を確認するというのは、警護担当が何人いても至難（しなん）の業（わざ）だ。侑は緊張で顔を強張らせながらアレックスの傍らにぴったりと付き、周囲に目を走らせつつスマホを取り出して説明する。

「後続車両は確認していませんでしたが、もし無事ならこの電話に出てくれるはずです。駄目でもトラック担当がベッラジオホテルにいるはずですから、すぐ迎えを出してもらいましょう」

「……」

侑が通話している間、アレックスはさりげなく周囲へ視線をめぐらせていた。

「小関さん、無事でしたか！　ええ、警護対象は無事です。大崎さんは……。今グランドホテルのカジノフロアです。急いで合流していただけますか、安全確認できていません。…はい、はい。ええ…」

「侑、通話を切れ、走るぞ」

「え？」

侑が振り向くと、アレックスは前を見たまま侑の肩を引き寄せて言った。

「そのまま振り返らずに左後ろを見てみろ」

無茶な指示に、侑はスマホのカメラ機能を使って自撮りの要領で背後を見る。

――自分たちを探してる？

カジノに興じている人々に混じって、明らかに観光客とは異質な雰囲気の男たちがいる。

「……そんな、今振り切ったばっかりで」

「さっきのとは別口だ」

観光客にしては隙がなく、ジャケットの下には銃があるのが窺えた。何より、さりげなくではあるが明らかに自分たちを視界内でマークしている。

「いったいどこの……」

「走れ！」

合図と、相手の発砲のタイミングがほぼ同時だった。

一瞬首を竦めたが、狙われたのは自分たちではなかった。立て続けに鳴った乾いた発砲音の後、ガラスや什器(じゅうき)が派手な音を立てて割れた。カジノフロア全体が騒然となり、客が悲鳴を上げる。

「キャアアア」

「助けて――！」

「お客様、落ち着いてください！」

「テロよ！　誰かぁ！」

騒いで出口へ殺到する客に紛れ、侑はアレックスに背中を押されるようにして観光客の間を走った。

アレックスの腕が、侑の頭を腕で庇うように抱える。

「頭を下げて走れ、向こうは暗視スコープをつけてるはずだ」

「な、なんでわかるんです」

「照明を狙ってる」

「……」

そのくらいわからないのか、という顔のアレックスを走りながら見上げて侑は黙った。

先刻の襲撃がマフィア並みなら、今襲ってきているのは、訓練された組織兵レベルだ。明らかに質が違う。

これだけバラバラの敵がいる理由は、なんだというのだろう。

「ミスター…」

「説明は後だ。どうも計画的に動きを読まれた感じがする。早くここを出るんだ」

「はいっ…」

ふたりは人が殺到するゲートに向かおうとしたが、直線には進めなかった。暗くなった視界の中で逃げ惑う客を避け、相手は着実に包囲の輪を縮めて近づいてくる。

——どっちだ…？　どっちに逃げればいい？

自分よりは多少ホテルの構造に詳しいだろうアレックスも、急ぎながら慎重に周囲を探り、蛇行しながら脱出先を探している。

照明を撃ち抜かれても、ホテルの中は真っ暗にはならなかった。客たちは連れ合いの安否を探して皆スマートフォンや携帯電話を取り出し、たくさんのバックライトは思ったより明るく、それぞれの足元がしっかり見える程度に明るい。

だが、持ち歩く照明は不安定にしか視界をサポートしてくれない。そしててんでんばらばらに逃げ出す観光客は、こちらの逃げ足を邪魔した。

姿勢を下げて進むアレックスに、侑が危険性を指摘する。

「ゲートから出るのは危険ではないでしょうか。迎え撃ちされる可能性は」

「…」

動きを読まれているのなら、出口に待ち構えている可能性は高い。アレックスもそれは否定しなかった。

——裏から出るか？

だが、日本のホテルとは規模の違う広さに、バックヤードがどの方向にあるのか見当がつかなかった。

時折パスッ、パスッと銃弾がすぐそばを擦めていく音がして総毛立つ。消音で音は軽く鋭いが、弾はスロット台や壁に当たって金属音を立てる。

――向こうからは暗視カメラで丸見えなんだ。

弾の方向を確認し、慎重に客の間に紛れ込む。自分の意志で逃げているつもりだが、追い詰められていく感じが消えない。

薄闇ではぐれないように、侑はしっかりとアレックスの右腕を掴んでいた。アレックスも、本当はもっと素早く動けるのだろうが、こちらに合わせて速度を調整してくれているのがわかる。

本当は自分が先頭を切って誘導するべきなのだが、明らかに庇われて先を切り開いてもらっている感じだ。

――早く、出口を探さないと。

じりじりと距離を詰められている気がする。けれど、振り向いても状況全ては把握できなかった。装備のない自分たちのほうが不利だ。

狙撃を避け、遊具台と遊具台の間が広い逃げやすい場所へと向かう。そこはカジノのメインフロアだった。バカラやルーレットの台が並び、ディーラーと客が群がれるように、スロット台よりはずっと台の間隔が広い。だが吹き抜けの場所は上から狙撃される危険がある。

警戒して中央より端、壁沿いの吹き抜けではない場所を選びながら進んでいると、高い天井から突然シャワーのように水が降り注いできた。

「スプリンクラーが…」

故障したのか撃たれたのか、暗がりで天井から撒かれる水に、観光客の悲鳴が聞こえる。

侑は水浸しになった前方を見ながら、ふいに目の端で光るものを感知して、対角線上にいる男に目を留めた。

——…？

目を凝らすと、人相まではわからないが、なんとなくうっすらと姿くらいは見える。

逃げ惑う人々の中で、彼はひとり落ち着いた様子で立っていた。そして掌に何か小さなものを持っていて、それが小さくフラッシュしている。さっき光ったのはこれだ。

起動させ、光る小さな箱をフロアに投げ入れようとしているのを見て、侑の頭の中は猛スピードで状況を分析し始めた。

ストロボのようなわずかな光の刺激でも爆発するもの。水のように見える危険物質…。

——過酸化アセトン、ニトロ化合物…。

液体でできる爆薬はいくつもある。

考えたのは、ほんの一瞬だった。侑は理屈を全てすっ飛ばし、直感で叫んだ。

スプリンクラーから噴射されているのは水ではない。

「アストロライト爆弾だ！」

それは地面や布に染み込ませ、簡単に爆破ができる、テロリストが好んで使う液体爆薬だ。

「ミスター！　そっちに行っちゃいけない！」

「…！」

「危ないっ！」

強く光るものが宙を飛んだと同時に、侑はアレックスを後ろ側に突き飛ばした。

次の瞬間に、爆発の轟音と、ガラスの割れる激しい音が響く。

天井から下がる巨大な装飾が落ち、スプリンクラーで撒き散らされた液体が、床材を打ち上げ花火のように上に向かって吹き飛ばした。

噴水のようにコンクリートの破片が吹き上がって、あたりは煙の中にいるように視界が利かない。

「……ごほっ」

侑は顔をしかめながら染みる目を凝らしたが、視界が薄グレーに包まれて、ぼんやりとしか判別できない。

――ミスターは…。

無事を確認しようと必死で顔を動かしたが、瓦礫(がれき)が散乱するフロアで、侑は自分がどうなっているのかすらわからなかった。何かが胸のあたりに乗っていて、上手(うま)く起き上がれない。

爆音でおかしくなった耳に、アレックスの張り上げた声が聞こえる。

「う……」

「侑！　どこだ！　生きてるか？」

自分を探す声に、侑も声を張り上げた。

「だ、大丈夫です。ミスター、無事ですか？」

瓦礫を転がす音がして、侑の胸に重なっていた床材の破片が取り除かれた。

「人のことより自分の心配をしろ」

侑は顔をしかめたアレックスに抱えられるようにして助け起こされた。シャツは、落ちてきた床材で破れ、血が滲んでいる。

「すみません、ありがとうございます」

「歩けるか」

「はい」

もうもうと塵芥が舞うカジノフロアを、侑はアレックスに庇われながら抜け出した。

◆◆◆

カジノフロアだけでなく、ホテルは上階の宿泊客が出口に殺到し、フロアは大混乱だった。ふたりはごった返しているフロントをすり抜け、バックヤードに繋がる運搬用の廊下に入り込んだ。運ぶ途中だったのか、ゲートには従業員が放り出したワゴンが倒れ、運よく扉は半分開いたままだ。

電気系統は無事なので、監視カメラが気になったが、躊躇う間もなく、アレックスがレンズを狙って撃ち、ふたりともそのまま機能的な廊下を走り抜けた。

表の豪華さに比べると、バックヤードはシンプルだ。万一の時にトレースされないように、行く先の監視カメラを次々撃ちながら走り、人の気配を感じると、アレックスがとっさに壁にあったダストシュートを開けた。

「頭を腕で庇え」

「何っ……わあっ！」

侑は大人でも楽に入れるほどの扉に、ぽんと放り込まれた。後からアレックスも滑り降りてくる。

――――落ちる…！

とっさに目を瞑ったが、落下ではなかった。ステンレス製のシュートを滑り降りると、二人は薄暗い部屋のリネン類の山の上に落ちた。

そこには宿泊室のシーツやタオルが山積みになっていた。大人ふたりが落ちてもなんともないほどの小山の上で、小人になったような気分だ。

「すごい量……これ全部洗い物？」

「侑、大丈夫か？」

「あ、はい」

見回すと、上は真っ暗で見えない。床はリノリウムで、リネンだけで床からは三メートルくらいの高さがあった。壁沿いには運搬用の大型ワゴンが並んでいるが、そのどれにもリネンが放り込まれている。

日本ならもっと丁寧に集めるのだろうが、アメリカだからだろうか、やることがざっくり大雑把な気がする。

だが、とりあえずホッとした。地下倉庫のようなこの場所は、ざっと見て監視カメラが見えない。明かりもなく、一箇所他の場所と繋がっている廊下の照明だけが光源だ。まず、追っ手が来ても察知できるだろう。

薄闇の中でアレックスに引き寄せられる。

「わっ」

アレックスは摑んだ侑のシャツに滲んだ血を見ると、シャツの前をはだけさせた。

「たいしたことないです、かすり傷ですから」

「……」

——わあっ！

「な、何するんですか！」

ペロリと舐められる感触がして、侑は赤面して叫んだ。

アレックスは胸元に顔を近づけたまま侑を見上げて言う。

「消毒だ……」

「や……いいですっ、そんなこと…しなくてっ」

慌ててアレックスの身体をどかそうとするが、びくともしない。

「離して…っ」

「…」

アレックスの両肩を摑んで押すが、やめてはくれなかった。

両腕を押さえられ、胴を抱えられたまま、熱く濡れた舌が皮膚をなぞる。侑は染みる傷口より、肉厚な舌の感触に仰け反って声を漏らした。

おかしな感覚で、あられもない声を上げてしまう。

「あう……ぁ……」

「……」

アレックスが喉を反らせた侑を見て目を眇め、手を離した。

手近なシーツを引き寄せ、ビリビリと裂きながらちらりと見る。

その流し目がセクシーで、侑の心臓が不意打ちにドキリと鳴った。

「ジャケットを脱げ、止血しておく」

「いいですってば」

自分の言葉など丸無視で、出血している胸のあたりを、裂いた布で巻かれて縛られる。それが、まるでアレックスに縛り上げられているようで、侑は妙に頬が熱くなった。

「う…」

ギリッと強めに縛られて小さく呻く。その声に反応するように、縛られた胸元を大きな手がなぞった。

「…っ」

おかしな具合に身体が火照ったのを悟られたくなくて、侑は目を逸らして俯く。すると手が止まり、アレックスの囁きが耳元でした。

「お前を見てると理性がもたない……」

——……。

低く言われた言葉をどう返してよいかわからず、侑は話を逸らせた。

「ホテルのものを勝手にやぶいて…怒られますよ」

「……ここの客室がいくつあるか知ってるか？」

「いえ……」

「五千室以上だ。一枚ずつなんか数えるもんか」

世界でも一、二を誇るホテルの規模に、侑が驚いて目を丸くする。

「上の騒ぎが収まるまで、しばらく動かないほうがいいな。端末の電源を切れ。バッテリーも外すんだ」

「はい……」

アレックスが黙ってしまうと、奇妙な静けさが流れた。

薄暗い部屋で、ボイラーの音だけがダクトを通して低く響いている。

――なんだか、全部ウソみたいだ。

さっきまでの緊迫感が遠い世界のように思える。

誰も来ない、誰も気付かない。静かな部屋にいると、色々なことが頭に浮かんでくる。

観光客の被害はどのくらいだったのだろうか、小関はここを見つけることができるだろうか。大崎は、事故車両は……遡るにつれ、何ひとつアクシデントに対応できていない自分を思い返し、そして今回の任務そのものに行き着く。

沈黙に耐えきれなくなって、侑はアレックスに話しかけた。

「……助けてもらうばっかりで、ちっとも守れなくて、すみません」

「最初からお前に守ってもらおうだなどと思ってない」

「……やっぱり、僕が同乗したのは警護のためじゃないんですね」

逃げながら考えたことだ。

「僕が……、僕と僕が運ぶはずだった何かのせいで、貴方は巻き添えを食ってこんな危険な目にあってるんじゃないですか？」

「……」

ロイド社のトップが、こんな理不尽な狙われ方をするわけがない。これは中止になった危険物輸送が原因ではないかと思うのだ。

日本側で輸送できなかったから、アレックスが自分のジェットで運ばなければならなくなったのではないか、だからこんなに危険な目にあうのではないか…。

そう思うと、申し訳ない気持ちになる。

「ミスター」

やわらかな気配がして、侑が顔を上げると、アレックスは苦笑していた。

「どこまで人のいい考えなんだ？　俺のせいでお前が痛い目を見てるとは思わないのか？」

「え？」

「どう見ても、お前を狙うには規模が大き過ぎるだろう」

「いや、別に僕を狙うわけではないでしょうけれど…でも僕はメールを見たんです。もちろん、件名が偶然目に入っただけですけど……」

「……」

「〝コードε〟って、移送するはずだったもののことですよね？」

今回の任務に疑念はたくさんある。日本側のスタッフに見殺しにされたのではないかと疑い、何よりもアレックスの仕打ちに憤った。けれど、アレックスが本当に侑を理不尽に踏みにじるだけの人間なら、こんな危険な状況で助けてくれるはずがない。

アレックスひとりならもっと楽に逃げられたはずだ。サイドに付いたのが侑ではなく、大崎や、他の警護者だったら、今ごろ無事に滞在先に着いていたかもしれない。

されたことの何もかもを許せるわけではないが、ただ憎むのは間違っている気がした。

――だって、この人は優しい。

言葉でもなく、態度でもなく、アレックスからは温かさが伝わってくるのだ。だから、銃撃されるような事態になった時、躊躇わずにアレックスの指示に従える。

この人は己を盾にすることはあっても、他人を弾除けにはしないと信じられる。

だからこそ、庇われているのではないかという気がしてならなかった。

「貴方はただ極秘で来日して帰国するだけだったはずです。ルートをあちこち変える必要も、こんなにめちゃくちゃな狙われ方をするはずもない……」

「……」

アレックスがダストヤードの壁に寄りかかった。薄暗い部屋で、低い声が耳に心地よく響く。

「お前が運ぶはずだったものは、ロイドと防衛省が共同開発した、次世代素材だ」

「……」

「俺が極秘で訪日すれば、必ずその素材が動くと読まれる。その間に、民間機を使ってお前がハンドキャリーで米国内へ持ち込む手はずだった」

侑は首を振った。

「…僕は、既存の薬品だと聞いていました」

「もちろん、お前自身に運ぶものが何かは教えられない。〝たいしたものではない〟と思わせるために、敢えて防衛省ではない人間に担当させたんだろう」

防衛関係ではない人間で、ある程度危険なものを扱っていてもおかしくない立場で、民間人ではなく、通関をノーチェックで出られる身分…おそらく、そんな基準で選定されたのだろうと侑も推測する。

「……どうして、中止になったんですか」

「情報が漏れていたからだ。どんなことをしてでも素材の受け渡しを阻止したい奴がいるらしい。ヘリの爆破がそれだ」

「な、ならば余計危ないじゃないですか、その素材と貴方を一緒にしたら……」

自分の命を狙うものを軽く言ってのけたアレックスに、侑は驚いた。

「実際、危ないことだらけだっただろう？」

「何故…。僕にそのまま輸送させればよかったじゃないですか」

何か言いたげな顔が侑を見つめる。

「わかってるのか？　お前が運んだら、お前ひとりがこんな目にあうんだぞ？」

「それは……そうですけど、それが仕事なんだし。なんで上のほうはそんな危険なことを貴方に……」

「〝コードε〟を中止させたのは俺だ」

「……どうして？」

純粋に不思議でならなくて聞いたのに、アレックスはしばらく言葉を探し、そっけなく答えをはぐらかした。

「さあな……」

「素材だけならともかく、僕を同乗させても貴方にメリットはない。情報が漏れているなら、なおのこと危険なだけじゃないですか」

「……」

「どうしてそんなことをしたんです」

問い詰める侑に、アレックスがどこか投げやりな口調で言う。

「腹が立ったからだろうな。お前みたいな甘ちゃんをいいように扱う連中に……」

「ミスター」

アレックスの答えに、侑は何故か胸が苦しくなって、それきり黙った。

◆◆◆

表の騒ぎに乗じて、侑とアレックスは半地下の搬入口から外へ出た。

観光収益で成り立っているこの街は、客を減らすような不安材料に口を拭う。ホテルの爆発事故は、日本なら街中厳戒態勢になるレベルだったが、ここでは最小限の警戒で抑えられた。

ホテルの入り口は警察車両と消防、救急で埋まっていたが、まだホテル全体を包囲するまで手が回っておらず、巨大施設なのが幸いして、ノーマークで大通りに戻る。

——すごい隠蔽（いんぺい）力だな…。

それだけ巨大なギャンブルビジネス市場なのだろう、と侑は通りを埋める観光客を見ながら思った。

市街は警護が増強されたものの、事故の詳細は伏せられ日常を離れた喧騒（けんそう）はそのまま続いている。

アレックスはその中をごく普通に歩いていた。

「どこへ行くんです」

「ベッラジオだ」

「小関に連絡します、護衛が来るまでここにいてください」

「人を動かすほうが目立つ。俺の指示に従え」

「……はい」

グランドホテルからラスベガスで一、二を争う最高級ホテル・ベッラジオまでは、トラムでもわずか一区間しかない。

確かに、待っているより歩いたほうが早いかもしれない。けれど賑やかな通りを歩きながら、侑は車道側に立って素早く周囲に視線を走らせた。まだアレックスを狙うものたちを振り切ったという保証はない。

緊張感で顔が強張る。

自分だけで守れるだろうか……。

「心配するな、お前ひとりぐらい俺で十分守れる」

「ミスター」

「アレックスでいい」

神経を尖(とが)らせる侑に、アレックスはくしゃくしゃと頭を撫でた。侑は、あれほど怖かった黄金色の瞳が、びっくりするほど優しく自分を見ているのに目を奪われた。

初めて見るアレックスの甘い笑み……。

その笑みに釣られるように、少し困ったような微笑を返す。

「僕が守ってもらうのでは、警護の意味がないです。ミスター・アレックス」

「アレックスだけでいい。俺の周りではこんな程度は日常茶飯事だ、慣れてる。いちいちひっくり返って気を失ってたら今ごろとっくに天国行きだ」

「…まだ蒸し返すんですか」

せっかくいい人なのかと思ったのに、と口を尖らせて憤慨すると、アレックスが面白そうに笑った。

「お前をからかうにはちょうどいい材料だからな」

「な、失礼な……」

言い争いながら歩く様子は、端から見たら、バカンスを楽しむ観光客そのものに見えるかもしれない。もちろん、通り過ぎる車両や周囲に気を配りはしたが、いつの間にか侑の緊張は取れていた。

雲ひとつない夜空に、ライトアップされた明かりが遠くまで輝いている。

――きれいだな…。

道路は日本より車線が多く、歩道が車道なんじゃないかと思うほど広かった。

グランドホテルとは反対側に道路を渡り、二人はほどなくベッラジオに近づいた。信号が変わって、大通りをスピードを上げた車が走り過ぎる。

アレックスがざっと視線をめぐらせてそれらを確認し、侑の身体をぐいっと道路側から建物側へ引き寄せた。

「こっちを歩け」

「車道側は危険です」

「いいからこっちへ回れ。いいものが見られるぞ」

あたりに響く大きな音が上がって、侑はビクリと建物側を振り向いた。同時に観客のわっという歓声が重なり、ほっと胸を撫で下ろして小さくつぶやいた。

「あーびっくりした……」

大きな音がしただけで、爆破を連想してしまう。侑の竦んだ肩をなだめるように、アレックスの手がそこを撫でていた。

「噴水ショーだ、三十分おきだから、いいタイミングだったな」

「わあ…」

歩道沿いに、白い優美な手すりが続いており、眼前に巨大な泉が広がっている。その後ろには、両翼を広げたイタリア避暑地を思わせるホテルがそびえ、下から金色に美しくライトアップされていた。

横に長く、噴水が生き物のようにうねって空に上がる。

「すごい……まるで滝みたいだ」

「最大で百五十メートルまで噴き上がるそうだ」

「そんなに…？」

侑は思わず興奮して息を呑んだ。

幅約三百メートルにわたって一斉に噴き上がる水柱は、音楽に合わせて寄り集まったり、波打つように高さを変えたりする。そのたびに見物客が感嘆の声を上げた。

侑もその迫力に目を奪われる。

「きれいですね……こんな大きな噴水、見たことないです」

ライトを浴びて、光のカーテンのように空に向かって延びる噴水。流れてくる曲は、どこかで聞いたことがあると思ったら「My Heart Will Go On（マイハートウィルゴーオン）」だった。映画、タイタニックの主題歌だ。

「きれいだなあ…」

曲のクライマックスに合わせて水柱が空高く踊り、なだれ落ちる水が水面を打って、ドーンと花火を打ち上げたような爆音が響き、水しぶきが散った。

思わず肩を竦めると、アレックスの手の力が護（まも）るように強くなる。

――アレックス……。

警護になっていない。そう思ったが、力強い手の温かさに、侑は逆らわずそのままでいた。

たくさんの観光客が水と光の織り成すショーに歓声を上げ、幸福そうに笑っている。本当はそんな人たちとは別次元にいるのに、何故か今は同じような気持ちで噴水を見ていたかった。

観光客のように…心許せる相手と来た旅先のように、この景色を眺めていたい。

「……」

「……」

ふたりとも、何も言わなかった。

もうすぐ曲が終わる。侑にはそれが現実に戻る合図のような気がしていた。

この時間は現実のものではなくて、ショーが終わってしまったら、すぐ元の警護者と対象者に戻る。

米国トップ企業のＣＥＯと公務員に戻るのだ。だから、侑は敢えて振り向かないようにした。

――見たら、魔法が解けそうなんだ。

馬鹿だな、と思いながらそんな気持ちになる。

曲が終わり、噴水はまた元の静けさに戻った。楽しんでいた観光客は三々五々散っていく。

侑はゆっくりと隣を向き、アレックスもまたそれをわかっていたかのようにそっと手を離した。

見つめ合ったけれど、言葉は何も浮かばなかった。

アレックスの金色の瞳は、ライトアップされる明かりのようにきれいだ。

強くて、しなやかで、けれど最初に見た時のような鋭さが、今はない。

「……車寄せは、こっちの道です」

「…ああ」

どちらからともなく、大きく噴水に沿って歩き出した。道路に沿って縦に長い噴水の、ちょうど正面の部分にファサードがあって、そこが正面エントランスの車寄せになっていた。

ヨーロッパ屈指のリゾート地・コモ湖畔をイメージしたというベッラジオはエレガントで、通路の両側には北イタリアを思わせる樹木が植えられ、石畳も街灯も、洗練された美術館のようにモダンなテイストにしてある。

この時間はちょうどホテルに向かう人が少ないのだろう。ほとんどふたりきりで歩く。ずっと黙っていたが、もうすぐ玄関、というところでアレックスが口を開いた。

「…ここから後は、警護シフトから外れろ」

「え？」

意外な言葉に顔を上げると、アレックスはもういつもの表情に戻っていた。

厳しく、鋭い、ロイド社ＣＥＯの顔だ。

「お前に警護なんか務まるわけがないんだ。狙われる理由がわかったのなら、後は大人しくしていろ」

「そんな…それじゃ僕がいる意味がなくなります」

どんな事情であれ、任務はまだ完了していない。無事にアレックスを目的地まで送り届けるまで、警護の任は自分が受けたものだ。

「貴方の言う通り、僕は確かに甘ちゃんです。でも……」

「俺が甘いと言ったのは技術じゃなくて考え方だ」

「アレックス……」

「日本にいた時からそう思っていた。助けてもらっておいてなんだが、お前はプロとして状況を判断していない。そういう奴に、警護は向かない」

侑は足元へ視線を下げた。何を指摘されたかわかっている。ヘリが爆破された時のことだ。

あの時、客観的に見て救助は不可能だった。助けに行ったところで、今度は侑自身が犠牲になる。それは、結果的に死人の数を増やすことにしかならなかっただろう。

「わかってます……もう助からないってわかってる人を助けようとするのは、ただの自己満足でしかない」

「そこまでわかってるなら、何故あんな真似(まね)をした」

侑の声が、恥じ入るように小さくなった。

「割りきれないんです。頭でわかっていても、感情がついていかない。目の前に見えている人を見捨てることが、僕にはできない……」

「……」

「アレックス？」

立ち止まったアレックスを、侑は不思議そうに見上げた。アレックスの眼が、憤りとも悲しみともつかないものを侑に投げている。

「……お前はそういう奴だ。お前は相手が誰でも同じように助けるだろう」

「……？」

アレックスは自嘲気味に苦く笑った。

「俺を選んで助けたわけじゃない」

「待ってください、なんの話です…」

「……なんでもない…莫迦な話だ」

「アレックス……？」

豪華なファサードの車寄せが見えてきた。

エントランスには、アレックスの姿を発見して駆けつけた警護チームと、ロイド側スタッフがずらりと並んでいる。

アレックスはいつもの横顔に戻っていた。

側近のダニエルは、何事もなかったかのように出迎える。

「ご無事でなによりです」

「こちらの被害は？」

「人的にはふたりです」

「国防総省からコールが入っております。別室を用意いたしましたので、そちらでご確認ください」

出迎えた側近たちとともに館内に入るアレックスは、侑を一顧だにしなかった。

——アレックス…。

侑はアレックスが何を言おうとしたのかわからなかった。ただ、決して振り向かないアレックスの後ろ姿を、ただ黙って目で追った。

◆◆◆

「何故すぐに連絡をしなかった！」

「申し訳ありません！」

「今ごろ詫びられても意味はない！　ロイド側の情報がなかったら、まだ捜し回っているところだ。何かあった場合の、日本側の責任を考えたことがあるのか！」

「……すみません」

ＶＩＰ専用のラウンジの廊下で、侑は小関からシフトを外されて叱責(しっせき)された。

一般宿泊客が入れないラウンジは、乳白色(にゅうはくしょく)の大理石(だいりせき)床に、高い半ドーム状の天井、アイボリーと黒、金を基調としたモダンな装飾で統一されている。壁を隔てた向こうからは、ゆったりしたピアノの音と、微かな人々のざわめきが漏れ、そこが極上の空間であることが窺い知れた。

アレックスは銃撃戦などなかったかのように、平然とそのラウンジに入った。今ごろはもう寛いでいるだろう。だが侑は未だに解放されず、小関の前で身を縮めているしかない。

照明を抑えた廊下で、小関の怒号が続く。

「この短時間で、政府がどれだけ対応を協議したと思うんだ。これは単純な警護じゃないんだぞ！」

「すみませんっ」

「ミスター小関、彼を叱るのはその辺で勘弁してやっていただけませんか」

「ミスター・フォーブス」

ブロンドに金フレームの眼鏡をかけた男が、柔和な笑みを浮かべて近づいてくる。

「ボスに確認しました。逆探知の危険性を考慮して、通信を切らせたのはアレックスの指示です。彼のミスではない」

「……安全を確保するに当たっては、たとえ対象者の指示があっても、本人が状況判断をするのが当たり前です。お言葉ですが、これはこちらの問題ですので」

小関はきっぱり助け舟を退けたが、穏やかな外見のブレーンはそれを軽々と無視した。

「高橋君だったね、ちょっとこっちへ」

「は……はあ…」

返事を待たずにすたすたと歩き始めたダニエルに、付いていっていいのかどうか、侑は困ったように外事の上司を見た。

小関は眉間にシワを寄せて、行け、というように顎をしゃくる。

「高橋君？　早く」

「は、はいっ」

両脇にＦＢＩの人間が立って警護しているラウンジに入って扉を閉めると、金髪の青年はくすくすと笑いを漏らした。

「君は本当に上司運がないね」

「はあ……」

「うちのボスといい、ミスター小関といい、間に挟まれる君は本当に気の毒だ」

本気でそう思っているのだろうか、と侑はいぶかしんでちらりとダニエルを見た。目の前でにこにこしている男は、どちらかと言えば板挟みでオロオロしている自分を楽しんでいるようにしか見えない。

——僕にだって言い分はあったんだけどな…。

警護は本職ではない。NBC捜査隊の中でも、解析担当は、テロ〝後〟の現場に駆けつけるのだ。百戦錬磨の外事一課と一緒にされて怒られるのは割に合わない。

その上、自分がアレックスの部屋に閉じ込められていた時は何時間でもそ知らぬふりをしたくせに、相手がアレックスだと、たった数十分連絡が取れないだけで本国とやり取りをするのだ。随分な扱いの差に、わかっていても釈然としない。

ぽそりと日本語で不平を漏らした。

「ひどいや……」

「ああ、ごめんね。そんなつもりじゃなかったんだけど」

「え、いいえ、あの、これは独り言で…」

——日本語がわかるんだろうか……。

タイミングのよい反応に思わず問いかけたかったが、ダニエルはさっさと歩き出している。

「こっちだよ、さ、入って」

金髪の青年はにこにこと微笑んで、侑をラウンジ奥の個室へ招き入れた。

アレックスのために急遽リザーブされた、専用の個室だ。

――なんか、すごいんですけど…。

日本なら一軒家まるごと入るんじゃないかと思うほど広い部屋。一番奥の窓側は天井から足元までガラス張りで、ラスベガスの華やかなホテル群が一望できるようになっている。

一面黒大理石の床に目の詰まったイタリアらしいビビッドな配色の絨毯が敷かれていて、その上に豪華な黒い革張りのソファセットが置いてあるが、その周りにはバーカウンターやグランドピアノまであった。

自分には不相応な豪華さに、侑は遠慮がちに続く。

部屋にはティーセットが用意されていた。勧められるままに大きなサイズのソファに腰掛けると、ダニエルがカップを差し出した。

「あの……」

「コーヒーのほうがよかったかな？」

「あ、いえ、ありがとうございます。いただきます」

香りのよい紅茶を受け取るものの、なんだか落ち着かない。

「あの…」

「うん？」

「用事がおありだったのでは？」

「ああ、用事ね、特にないんだけど」

「え？　でも……」

翡翠色の瞳が悪戯っぽく笑う。

「用事があるなんて、僕はひと言も言ってないよ。『ちょっと……』って言っただけさ」

「……」

侑は呆れて目を丸くしたが、ダニエルは茶目っ気たっぷりにウインクしただけだ。

一気に肩の力が抜け、侑が紅茶をすすっていると、いつの間にかダニエルが小さなケースをテーブルに置いた。

蓋を開けると救急キットだった。ダニエルが侑を驚かさない程度にゆっくり隣に座る。

「そう深手ではなさそうだけど、きちんと消毒したほうがいい」

胸の傷を指しているのだ。

「怪我の手当てができる程度にボタンを外してくれる？」

「はい……」

「ついでに他のところも手当てしておこうね」

「……はい」

――アレックスから言われたんだろうか…。

そうなんだろうな、と納得して侑は素直に手当てを受けた。

アレックスの側近は視線を落としたまま、手首を取る。シートベルトで縛られたせいで赤くなった擦り傷に薬を塗り、穏やかな声で言った。

「ボスは誤解されやすい人だから、できれば僕がフォローしたいんだけど、まだ時期が早過るからね。

こんな状態で納得しろというのも難しいと思うんだけど……」

「ミスター・フォーブス？」

「アレックスは、人間関係に不器用なんだ。よせばいいのに、相手のために憎まれ役を買って出たりしてしまう、本当に損な人なんだよ……」

「ミスター、何を言って……」

「君が今、アレックスを憎んでいても仕方がないと僕は思う。だけど、決して理由のないことをする人じゃないんだ。最終的な結論は、まだ出さないで欲しい」

侑はとっさに手首を引っ込めた。言葉にすることを避けているものの、ダニエルが何を指して言っているのかは明白だ。

あれに理由があるというのか……。侑は詰りたい気持ちになる。

「アレックス側の人にそんなこと言われたって……」

素直にはいそうですかと頷くことはできなかった。

憎む気持ちを消そうとは思い始めていた。アレックスが悪い人ではなさそうだというのもわかる。けれど、それとこれとは別だ。

痛みと恐怖。何より身も世もなく喘いだ醜態を目の前の男に知られているのかと思うと、恥ずかしさで顔から火が出そうだった。

――知らないふりをされるほうがまだマシだ…。

「高橋君……」

「……なんの話をしてるのか、僕にはわかりません」

侑は表情を強張らせてダニエルを見た。

「僕は、警護の任務を受けて、対象者であるミスター・ロイドの安全を確保することに努めています。それだけです」

「本当にそれだけ？」

「……っ」

「……それが君の本心？　本当に任務だけでしかない？」

ビー玉みたいな瞳が侑を覗き込んだ。その問いかける眼差しに嘘（うそ）をつけなくて、侑は目を逸らす。

「確かに、なんでって思いましたけど……助けてもらったりもしたし……」

射抜くような視線を怖いと思った。けれど、呆れたように笑う目や、穏やかな眼差しなど、いつの間にかいろんなアレックスの表情を知った。

アレックスに対する評価が、そのたびに書き換えられている。

そして最後に見た、あの苦いものを込めた瞳が侑を落ち着かない気分にさせた。

自分の気持ちが、自分でもわからない。

「憎んでは…いないですけど……」

「そう……よかった」

ダニエルは本当にほっとしたように笑みを浮かべた。途端に快活な表情に変わる。

「なら安心だね。機内に戻ったら、君にはもう一度サイド担当に戻ってもらうから」

ダニエルの言葉に、侑は素っ頓狂な声を上げた。

「えっ？　ぼ、僕、次はトラック担当なんですけど」

ダニエルは笑顔のまま、もう戸口へ向かっている。

「大丈夫だよ、僕が手配しておくから」

「ちょ、ちょっと待ってください。それに、アレックスはもう警護は任せられないって…」

「ああ、あんなの気にしない気にしない」

——気にするでしょう！

「人手不足なんだしね。悪いけど働いて？」

自分のボスだというのに、ダニエルは軽く無視だ。

「あ、僕が戻ってくるまで君はこの部屋を出ないでね。外の連中にもそう言っておくから」

「ミスター！」

にこやかに立ち去ったロイド・ブレーンを見送って、侑はへたり込むようにソファに座った。

「……なんて勝手なんだ」

あれも一種の外柔内剛なのだろう。あのお茶目な見た目にだまされてはいけないのだ。ああ見えても天下に聞こえたロイド・ブレーンの一員である以上、一筋縄でいくはずがない。

「……」

《彼は、人間関係に不器用なんだ》

ボスを庇って言った言葉だ。侑はそう思ったが、それでもその言葉には思い当たる節がないわけではない。

——彼は、僕のために計画を変更したんだ。

自分をいいように扱う日本政府に腹を立てたのだと、そう言った言葉は、本心だった気がする。自分ひとりが輸送の危険を負わないで済むようにしてくれたのだ。

ひどい人ではない。それは納得できる。だがそれなら何故あんなことをしたのだろう。

考えてもそれだけがわからない。

あれは暴力ではないのか。無理やり抱いたアレックスと、危険を敢えて冒してプライベートジェットに乗せてくれたアレックスと、どちらが本当の彼なのか。

何故警護の任を解こうとしたのか、何故あんなに苦しそうな、悲しそうな顔をしたのか、アレックスの気持ちがまったく見えなかった。

「わからない……」

アレックスに対してわだかまっている、たったひとつの問題に、侑は眉を寄せて俯いた。

◆◆◆

侑が恐る恐るラウンジへ出る扉を開けると、まるでタイミングを合わせたようにダニエルがいた。

憎めないチャーミングな笑みを侑に向ける。

「おぅ！　ナイスタイミング！」

「あの、もうそろそろ小関のところへ戻らないと……」

「もうシフトは変えちゃったよ。君はまたサイド担当だからアレックスの隣」

「…」

侑は呆れて黙った。だがダニエルは我関せずという顔で侑を引っ張る。

――そうだろうとは思ったけどさ…。

「さ、こっち」

「……」

「…何？」

「……いえ、何も…」

ため息しか出ない。小関といいダニエルといい、皆、侑の意思などまるでおかまいなしだ。

もうシフト表など、こだわるのも馬鹿馬鹿しくなってくる。

侑はダニエルにわからないように、嘆息しながら日本語でつぶやいた。

「ふう……。行けばいいんでしょう。いいですよ、別に、嫌じゃないもん」

「……」

ダニエルが微かに笑った。


ラウンジには、時事問題にそう詳しくない侑でも見たことのある政財界の大御所（おおごしょ）があちらこちらにいた。

大柄（おおがら）の黒人が、優雅にソファに座っていたアレックスを見つけて、豪快な笑みを浮かべて近寄ってくる。

「おお、アレックスじゃないか、なんだ、こんな時期にバカンスか？」

「ああ、気分転換にね」

「ハハハ、ＱＤＲ（防衛戦略見直し会議）前にそれだけ余裕があるとは、さすがだな」

「お互いさまだろう？」

アレックスの左後ろに付いた侑は元国務長官の言葉に、開催を予定されている軍事会議を思い出した。

うろ覚えの日程では、ＱＤＲは日本時間で今日、明日あたりに開催されるはずだった。侑はその場所がワシントンＤ.Ｃ.なのに気付いて、一瞬ぎくりとした。

自分たちの最終目的地だ。

国防の重鎮（じゅうちん）は、アレックスの肩をバンバンと叩いた。アレックスは品のある笑みを浮かべてそれに応（こた）えている。

侑は後ろで警護しながら、ちらちらと周囲へ視線を走らせた。

——すごいな、本当に大物だらけだ。

テレビや新聞でしか見たことのない人々が、次々にアレックスのそばへ寄ってくる。そのことに、改めてロイドの巨大な権力を思い知った。話を聞いていると、アレックスがこのホテルにいるという情報を得て、わざわざ他のホテルからこのラウンジに来たというものもいる。

侑には、その求心力がただロイド社のトップだからだとか、国防への影響力があるからというだけではないように思えた。

後ろにいても、アレックスからは強い覇気を感じる。まるでひとりだけ違うオーラをまとったように、彼の周りには自信に満ちた空気が流れていた。

アレックス本人のカリスマ性が、人を集めるのだろうという気がする。

あまりにも住む世界が違い過ぎて、リアリティがない。だがアレックスは間違いなく人の上に立ち、他者を動かしていく種類の人間なのだ。

政財界人たちと談笑しているアレックスに、ゆったりとした足取りで女性が近寄ってきた。

「お久しぶりね、アレックス。ちょうど昨日も、おじ様と電話で貴方のお話をしてたのよ」

アレックスが寄ってきた黒いドレスの女に整った笑みを向けた。

俳優顔負けのアレックスに見劣りがしないほど、女性は華やかな美貌(びぼう)の持ち主だ。

薄い黒のサテン生地が、なめらかな身体の曲線を浮き上がらせている。

並び立つ美男美女に、侑は思わず見とれた。

「……」

女性は、ぽかんと見ている侑にちらりと笑みを向けた。アレックスの頬にキスしながら、耳元で何か囁いて優雅にその場を去っていく。

「口を開けて眺めるほどいい女か？」

アレックスが急に振り向いて、侑は赤面したことを隠すように顔をしかめて言い訳した。

「口なんか開けてません。貴方だってあの女の人ににこにこ笑いかけてたじゃないですか」

「愛想笑いもビジネスだ。お前、あれが誰だか知ってるのか？」

侑が首を振る。

「ギャリーの姪(めい)だ」

「元国防長官の……？」

ＣＩＡ分析官だった人だ。今は政界を退いたが、かつては政権が代わっても国防長官の座に留任したほどの影響力の持ち主だ。

アレックスがにやりと笑い、侑は顔を赤らめながら眉間にしわを寄せた。

「ああいうのが好みなら貸してやる」

「女性はモノじゃありません」

「向こうは俺の資産価値しか見てない。戸籍上俺が結婚すると言えば、あの女はお前とでも寝るぞ」

「アレックス！」

「持参金が値札代わりになるような女など興味はないな」

「そんな、女の人に向かって、そんな言い方……」

侑がなおも反論しようとするのを、アレックスが手で口を塞いで止めた。ひとりでふらりと近づいてくる男がいる。

もの静かだが、鋭い気配はアレックスと同じ種類の人間だ。黒髪にコバルトブルーの瞳、にこやかに見せているが、目は決して笑っていない。

「元気そうじゃないか」

——誰だ…？

アレックスは男の視線に、スッと立ち上がって侑を後ろへ庇い、社交辞令の笑みを浮かべて答えた。

「ああ、おかげさまで、ラスベガスの夜を堪能している」

「……それはよかった」

「今度壊す時は、建て替えを勧めるな」

「ふふふ…」

——え？　それってまさか。

グランドホテルの爆破を指しているのか。侑は息を詰めるが、アレックスも相手もまるでさりげない挨拶のように会話し、何事もなく別れていった。

去っていく背中を見ながら、アレックスが説明してくれる。

「あれはヘキトスの放蕩息子だ」

「ヘキトスって、あの、『あの』ヘキトスですか？」

アレックスが〝お前でもわかるんだな〟という顔で笑う。

——さすがに、僕だってそのくらいはわかりますよ。

心の中で反論しつつ、侑は驚きを隠せない。ヘキトスと言えば、世界でも五指に入る巨大企業だ。恐ろしいほどの規模だが『個人経営』という形を貫いているため、株式は非公開。建設業をベースにあらゆる産業に繋がっているが、全容を知るものは少ない。軍需産業との深い繋がりはずっと囁かれているが、オープンにされてはいなかった。

「まさか、そんな人まで…」

あの非合法としか言えない襲撃を、隠そうともしない。

「こんなこと、許されるんですか？」

逃げ切れなければ死んでいた。殺そうとした相手と平然と挨拶を交わすなど、理解できない。

けれどアレックスは不敵に笑うだけだ。

「許さないと息巻いたところで、訴える先がどこにある？」

「だって、殺されかけたんですよ。このまま放っておくんですか？」

「証拠を残すほど、奴も馬鹿ではない」

「そんな……」

「金と権力があれば、群がる奴も邪魔する奴も出てくる。俺が奴の立場でも、同じことをしただろう。卑怯だと誹る気はない」

「……」

侑は建前と現実との落差に呆然とした。法治国家でありながら、水面下ではこれだけ非合法なことがまかり通って、訴えられることすらない。

権力を持つ側は、アレックスのいる世界は、こういうところなのだ。

侑は言葉も出なかった。

驚いていると、入り口のほうからダニエルが近づいてくる。

「ボス、ちょっといいですか」

しばらく姿を消していたダニエルが、侑をちらりと目の端で確認しながらアレックスに近寄って耳打ちした。

「NSAから通信が入りました。〝ネズミ退治〟は終了。機内はセーフティです」

アレックスが頷いて、侑のほうへ振り返った。

「侑、戻るぞ。離陸する」

「…はい」

特別機に戻る……。

自分のいる社会との違いに愕然としながら、ふいにこのフライトで全てが終わるのだと実感した。

――D.C.に送り届けたら、任務が終わるんだ。

突然、侑の心の中にぽっかりと穴があいた。

◆◆◆

ホテルから空港までは、車で数分の距離だったが、ベッラジオの屋上には軍の護送用のヘリが用意され、アレックスたちは空路で特別機まで戻ることになっていた。

屋上に上がると風に煽られてジャケットの裾がはためく。

ヘリポートは、ヘリまでのわずかな距離もタクティカルベストを着用した空軍の兵士が両側にずらりと並んで警護していた。

アレックスはその真ん中を、ごく普通に歩いてヘリに乗り込んだ。後ろを歩く侑は、その物々しい装備にわけもなく緊張する。

ヘリに同乗した側近はダニエルだけだ。あとは小関以下、外事一課のスタッフ三名がその後に続く。

ヒュンヒュンと空気を切る音がして、プロペラが旋回を始め、地上スタッフが重い鉄の扉を閉めると、マイク越しに離陸が告げられた。

「シートベルトを締めてください」

各自がベルトを装着し、侑はのろのろと指示に従った。

自分ではそれほどこだわっているつもりはないのだが、拘束された記憶がトラウマになっているのか、ベルトを締めただけでなんだか気持ちが悪くなって、吐き気が込み上げてくる。

「どうした……？」

——顔色が悪く見えるだろうな。

自分でも頬が冷たくなったのがわかって、貧血のような感覚がある。

だが問いかけてきたアレックスに、手首を拘束されたせいだとは言えず、爆破のことを挙げた。

「……あなたは、怖くないんですか」

「何がだ？」

「一度ヘリで事故にあったのに……。もうヘリに乗ってもそういうことは思い出さないんですか？」

「……」

アレックスが、向かい合わせに座った侑を黙って見つめた。しばらく無言のままで、ヘリが適度に高度を上げると、アレックスが自分のシートベルトを外して立ち上がった。

「アレックス？」

長身を屈（かが）めたアレックスは、カチリと侑のベルトを外すと、そのまま扉のほうへ侑を連れて行き、警護の兵士に扉を開けさせた。

強風が顔に当たる。

「うわっ……！」

「吐きたいなら吐いておけ」

「で、できるわけないでしょうが！」

「何故だ、我慢することはない」

「マナーの問題です！　何考えてんですか！」

近距離移動で高度を抑えているとはいえ、ドアを開けるとものすごい風が入り込んで、怒鳴るほどの音量でないとすぐ隣のアレックスにも声が届かない。

抗議する侑の肩を、アレックスが引き寄せた。

抱き込むように胸に抱え、頭をわずかにヘリの外へせり出させる。ドア横に立った兵士が制止した。

「危険ですミスター、席にお戻りください」

「しばらく旋回してろ」

「しかし……」

「この坊やは夜景が大好きなお子様（ベビー）なんだ。しばらく見せておけば機嫌がよくなる」

「は……」

腕にくるまれた侑は顔を真っ赤にして抗議した。

「なんてこと言うんですっ！　ぼ、僕がいつそんなこと言いました！」

「カーテンをめくって覗き見してただろう」

「……っ！」

そ知らぬふりをしながら、着陸の時、機内で窓から空港を眺めたのを見られていたのだ。

侑は頬を赤らめたまま、もごもご小さく言い訳した。

「だ、だって……あれは、ラスベガスって初めてで……」

アレックスが微笑いながら自分を見つめている。

――また、あの優しい目だ。

他の誰と話す時も決して見せない、アレックスのやわらかな微笑みを、侑は吸い込まれるように見つめた。

ラウンジで、名だたる名士たちと談笑している時とは違う瞳だ。

皮肉に笑う目元も、含んだように目を伏せて微笑む時も、アレックスは常に侑には偽らない感情を見せてくれる。

――どうしてなんだろう。

こんなアレックスを見ると、何故か泣きたいような気持ちになる。

「ほらみろ、大人しくなった」

「アレックス！」

我に返った侑に、アレックスが面白そうに抱えた身体を機体の外へ少しだけせり出させる。

「何するんですかっ！　お、落ちるっっ」

「落ちはしない、もうここを離れる。見納めに堪能しておけ」

「わっ」

「ほら……」

侑はアレックスの胸元にしがみついた。風と機体の揺れで、大丈夫だとわかっていても落ちそうで怖い。

侑は、ドア横で身体を安定させたアレックスに抱き込まれたまま、ヘリから下を覗き込んだ。

アレックスの声が耳元で響く。

「カジノはさして面白いものでもないが、ここの夜景だけはそれなりに見られる」

強い風が顔面に当たって、眼下に夜景が広がった。

「……本当だ……」

おとぎの国のようだ、と侑は思う。

バラバラとプロペラが旋回するヘリにまでは、地上の音楽は聞こえなかった。

だが色とりどりの光に、おもちゃ箱のようなホテル群が浮かび上がって、なんだかノスタルジックな気分にさせられる。

ほんの少し前まで、ふたりきりであの街の中を逃げ回ったのだ。

金色に輝いて噴き上がる噴水を見て、本当の観光客のように肩を並べて…。

――何もかもが、夢みたいだ。

侑はアレックスの腕の中で、その景色を見ながらつぶやいた。

「……ほんとに、きれいだ」

腕のぬくもりが、なんだか切ない。

◆◆◆

ヘリはラスベガス上空を五分ほど余分に旋回して、特別機のすぐ隣へ着陸した。

機内に入ると、中はアメリカ空軍の警護兵でいっぱいだった。あらゆる部屋の出入り口に歩哨が立っている。アレックスに続いて私室に入った侑に、部屋の主が言った。

「SPの控え室をあけさせてある、休みたければそこで休め」

「え？」

アレックスが書類の束を手に取りながらそっけなく言った。

「思わぬところで道草を食ったからな。高度を上げて一気にダレスまで飛ぶ。シートベルトサインは点きっぱなしになるはずだ。機内は空軍が警護しているから、お前がどこにいようが問題はない」

――シートベルトに恐怖感があるのを気にしてくれているんだ。

自分の体調を案じてくれたことに、ツキンと甘く心臓が痛む。なんだかこそばゆいような幸福感だった。

そっけない物言いの後ろに隠れた、アレックスの気持ちに触れたようで、自然に微笑みが漏れる。

「……」

侑は顔を背けたままのアレックスに笑いかけた。その気配にアレックスが振り向く。

アレックスは少し驚いた顔をしていた。

「今の僕はサイド担当です。貴方を守るのが僕の任務なんです。最後までいさせてください」

「……吐いても知らないぞ」

侑はくすっと小首をかしげて笑い返す。

もう腹は立たない。アレックスが、本気で言っているわけじゃないとわかるからだ。

「それもまた蒸し返すんですか？」

「……からかいがいがあるからな」

どことなくうれしそうな顔のアレックスに、微笑んで言った。

「ひどいな。一回くらい、最後までちゃんと任務をまっとうさせてください」

「……好きにしろ」

アレックスが含んだ笑みを隠すように書類に目を落とし、侑は黙ってそばにいた。

――……僕は……。

胸の中で言いかけた言葉を、最後まで考えないようにする。

今だけは穏やかで満ち足りた、この無言の時間を味わっていたい。

特別機はワシントンD.C.ダレス国際空港へと飛んだ。


行政都市、ワシントンD.C.には政治の中枢施設が立ち並ぶ。

アレックスたちは国防総省を素通りし、ホワイトハウスから2ブロック離れたホテルに着いた。

ホテルはいつにも増して、厳重に警護されている。

侑はそれを車内から眺めながら、国防総省でQDRが開催されるから、ホテルも厳戒態勢なのだろう、と漠然と思った。

車寄せに到着してドアを開けられ、アレックスに続いて車を降りかけると、隣に座っていたダニエルがそれを止めた。

侑は不思議に思って振り返る。

「ミスター・フォーブス？」

ダニエルは侑を飛び越え、一瞬けげんな顔をしたアレックスに向かって答えた。

「彼には処置を施しますので……」

「……」

「僕は会議場までちゃんと警護します」

言い張ったが、アレックスが振り返って侑のほうへ屈み込んだ。

まるでキスするように頭が引き寄せられ、アレックスが耳元で囁く。

「終わったら全部説明する……」

「アレックス？」

アレックスは警護と他の側近を従えてそのまま歩き出した。突然取り残された侑の背後で、ダニエルが静かに言った。

「別室を用意してあるんだ。君は僕と一緒にそっちへ」

「……」

これから何が起こるのか、侑にはまったく想像できなかった。

◆◆◆

侑とダニエルは、一般宿泊客を全て排除している人気のないロビーから、最上階の部屋へ上がった。

部屋に着くまで、ダニエルは何も言わなかった。だが物々しい警護に、ただごとではないという空気だけは伝わってくる。

侑たちの後ろにはロイド社の社員が三人付いてきていた。

「高橋君、こっちだよ」

通されたスイートルームは、大統領官邸として使用されたこともあるところで、重厚な内装の部屋がいくつもある。

「そこへ座って」

「ミスター……」

ダニエルは侑を椅子に座らせると、脇のテーブルにＢ４サイズのアタッシュケースを置いた。

ピアスを装着した時とは別な工具を取り出して、手早く組み立てながらダニエルが話す。

「ピアスを外す処置をするからね」

侑は黙って従いながら、やはり取れないように何かしていたのだ、と視線をダニエルの持つ器具へ向ける。

「ミスター」

「じっとして、危ないよ」

「……っ」

耳の後ろが焼け付くように熱くて、侑は顔をしかめて目を瞑った。

「なんで……こんなことを。ミスター、これはいったいなんなんです？」

ダニエルが手元に視線を集中させながら答える。

「ＱＤＲの本会議は国防総省内で行われるんだけど、事前協議には民間企業が出席する…」

「……」

「事前協議の会場は、このホテルのバンケットルームだ」

だからこれだけの警備があるのか、とダニエルの顔を見た。

だがダニエルは侑の目を見ない。

「会議はもう始まっている」

「それとこれとなんの関係が……」

「これは会議で発表する新素材だ」

「え？」

翡翠色の目が、切り離されたキャッチから離れて侑を見た。

「次期防衛戦略の要になる……君が運ぶはずだった〝Ａｉｒ〟だよ」

「……！」

次世代素材……。

アレックスの言葉が耳にこだまして、侑は目を見開いたまま言葉を失った。

「僕、が……」

ダニエルがキラキラと光る小さなピアスを掌に取った。

光を反射しているのは正面だけで、ピアスの芯に当たる部分は、まるで透けたように形が見えない。

呆(ほう)けたようにダニエルの手の中のものを見つめていると、ダニエルはそれを後ろに付いてきた男たちに渡した。

四角い強化ガラスの箱には、きちんと台座が用意されていて、小さなピアスはうやうやしくその中央に鎮座する。

黒いスーツを着た男たちはそれを大事そうに持ち、もうひとりの男がダニエルの指示を待つ。

「議場へ移送してくれ。私は後から彼を連れて行く」

「は……」

ケースを持った男は、それをさらに固定器具のついたジュラルミンケースに収めると、頷いて部屋を辞した。侑はそれを言葉もなく見送った。

今になって、ようやく自分が何をしていたか知った。

計画は、予定通り遂行されていたのだ。自分は、〝Air〟を輸送していた……。

「あれ…が……」

ダニエルがいつになく沈痛な面持ちで侑を振り返った。

「追っ手を振り切るのに思ったより時間がかかってしまったんだ。君に説明するタイミングがなかったことは申し訳ないと思っている」

侑は苦い顔をしたダニエルに笑いかけた。

ダニエルが詫びることではないのだ。最初から日本政府は、自分に輸送させるつもりだった。

侑は自分に言い聞かせた。

予定通りだ。何を運ぶかは教えられないまま輸送する計画だったと、アレックスもそう言っていたではないか……。

そう思いながらも、自分の笑みが歪んでいくのがわかった。込み上げてくる涙を、上手くごまかすことができなくて声が揺れる。

「だから……」

――全部当たり前のことなのに、なんでこんなに胸が痛いのだろう……。

「だから、アレックスはあんなに、僕を助けてくれたんですね……」

「高橋君、それは違う」

侑の瞳から、ぽとりと涙が落ちた。

ピアスを外された耳介はまだ微かに痛い。その痛みに同調するように心臓が脈打ってドクドクと痛んだ。

思い返してみると、今まで合点がいかなかった事柄が、全て符合する。

アレックスだけではなかった。ダニエルも決して侑をひとりにしなかった。

ピアスを装着させられてから、片時も目を離されることはなく、機内で最も奥深くにあるアレックスの部屋から一歩も出されることがなかった。どんなに危険な時でも、アレックスは必ず侑を連れて逃げてくれた。

――あれは、僕ではなく、〝Ａｉｒ〟を守っていたのだ。

胸が潰れそうなほど痛み出す。

痛みの理由が、切なく心の中に響いた。

――アレックスが必要だったのは、僕ではなかった……。

「今になって……」

――貴方を好きになっていたと気付くなんて…。

「高橋君……」

声もなく涙をこぼす侑を、ダニエルが悲痛な表情で見つめた。


広い会議場のマイク音が、スピーカー越しに通訳ブースに流れていた。

会場の一番後方、音響室と並んで、吹き抜けのバンケットルームの二階部分に通訳ブースがある。

侑はダニエルとその場所から会議を傍聴（ぼうちょう）していた。

会議場は一段高く雛壇（ひなだん）が作られ、扇状に傍聴席が配置されている。

演壇の両脇には国旗と、陸・海・空軍を含むいくつもの所属を示す旗が掲揚（けいよう）されていた。

「この金属は簡単に言えば、結晶構造をねじ曲げてあるため、光の波長を反射させず、そのまま反対側へスルーさせることができるものです。つまり……」

壇上でロイドの社員がスクリーンに映し出された素材の構造を説明していた。演台の横には、ガラスケースに収まった小さな新素材の現物が置かれ、演出効果たっぷりにライトアップされている。

「センサーやレーダーも素材の向こう側へ抜けてしまうため、感知されません。データ上この素材は、“An Invisibility（みえない）”のです。また、可視上でも、肉眼では認識しにくい金属です。これが通称A・irです」

技術者の説明がひと通り終わると、アレックスが壇上に立った。

居並ぶ国防関係者を前に、強い覇気を滲ませた声が響く。

ライトを浴び、参加者全員の視線を受けながら、アレックスは揺るぎない自信を漂わせて演説する。

「ステルスは構造上レーダー感知をしにくくしているだけで、Ａｉｒとは根本的に異なるものです。だが、この素材が量産されることで、今後戦略展開は大きく変わるでしょう。レーダーが感知できないこの素材を、あらゆる戦闘機・探査機に使用することで、レーダー戦略そのものが変わります」

アレックスを見つめる侑の横で、ダニエルが静かに言う。

「もちろん、あれはハッタリだ。あれは現状でも八ミリ以上の大きさには作れない」

「え？」

侑はダニエルのほうを振り向いた。ダニエルは重要機密を隠さずに話した。

「だからピアスにしたんだ」

「そ……」

「現物がそこにあることが重要なんだよ。世界に先駆けて、それを〝作った〟という事実こそが最大のプロパガンダだから」

実際にそれで戦闘機が作れなくても、その素材を開発したという事実だけで、ロイド社の評価は上がる。次期防衛戦略の目玉として、国防力の宣伝材料に、この、〝Ａｉｒ〟は必ず使われるだろう。

わずか直径八ミリの代物が、巨大軍事企業のさらなる発展を約束し、日米の国家防衛戦略を決定する。

「だから、いろんなところが妨害しに来たんですね」

ダニエルが苦笑した。

「同業他社からすれば発表前に現物を奪取するか、手段を選ばずに我が社を現在の地位から蹴落とすかしておかないと、今後の受注シェアに関わるからね。民間企業でなくても、他国の調査機関にテロ組織にと…〝Ａｉｒ〟を狙う組織は数えきれないほどあった。襲撃は我々の予想より少なかったくらいだ」

「……」

憂いを帯びた瞳で雛壇にいるアレックスを見つめる侑に、ダニエルが静かに語りかける。

「〝Ａｉｒ〟がどこにあるかをカムフラージュしたかったのは本当だよ。機内のどこに内通者がいるのか判明するまで、周囲には君をアレックスの情交の相手だと思わせておきたかった。そのほうが君を安全にあの部屋に閉じ込めておけたから」

「ミスター」

「ただ、アレックスがピアスを守ることと、君を手に入れることとの、どちらを大義名分にしたのか、僕にはわからない」

ジェードグリーンの瞳が、真摯に侑を見た。

「それは、君が直接アレックスに聞いてみて」

「……」

侑はダニエルの視線を避けるように顔を伏せた。ダニエルはしばらく侑を見ていたが、諦めたようにそのまま通訳ブースを出た。

ピアスを外した自分に、アレックスはもう用などあるはずがない……侑はそう思った。

心が通じ合えたような気がしていた。自分がアレックスを想うように、アレックスも自分を想ってくれているのではないかと考えていたが、真実を聞いた今、その感覚に自信がない。

――錯覚だったのかもしれない。

アレックスは本当に、次世代素材を運ぶという危険な任務を負わされるはずだった自分に同情して、庇ってくれただけかもしれないのだ。そう思い始めると、やはりただの勘違いのような気がしてしまう。

——だって、こんなに住む世界が違うんだよ…？

侑ははるか遠くなった壇上の人を見つめていた。

「アレックス…」

——仕方がないだろう…元々、任務じゃないか。

痛む胸を押さえ、目を閉じて自分に言い聞かせる。その時、足元に振動が走った。

「！」

建物を揺るがすほどの爆音が聞こえて、半瞬後に背中から正面のガラスに向かって叩きつけられるような衝撃が来る。

あまりにも瞬間的な出来事で、侑は何が起きたのかわからないまま意識を失った。

◆◆◆

今、どこなんだろう……？

意識が戻ってきて、侑は目を開ける前にぼんやりとそう思った。目が覚めるたびにいる場所が変わって、なんだかもう認識が追いつかない。

「気が付いたか？」

「う……！」

目を開けると、すぐ目の前にアレックスの顔があった。

よく見回してみると、アレックスの後ろにピアスを外す処置をされたリビングが見える。そこは間続きになっている寝室だった。

オーク材でできたクラシカルなベッドに寝かされた侑は、ふわふわの羽根枕に埋もれたままアレックスを見上げた。

心配そうに見つめる瞳と、いたわるように額に置かれた手に、胸が締め付けられる。

「外傷はないようだが、どこか痛むか？」

「大…丈夫です……」

見つめられるだけで、切なくて胸が詰まった。目を逸らした侑に、アレックスの手がゆっくりと額にかかった髪を梳き分けた。

「すまなかった……最後まで守ってやるつもりだったのに」

「アレックス……」

低くつぶやくと、アレックスはまるで懺悔するようにうなだれた。

ゆっくりと侑の胸に押し付けられる頭の重みに、心臓が苦しいほど鳴る。

――この人は、そういう人なんだ。

侑は今さらながら、アレックスの優しさを思った。

〝Ａｉｒ〟を輸送するためだけだったら、最初から自分を同乗させたりはしなかっただろう。アレックスは、作戦に名を連ねた侑の安全を守るために、わざわざ特別機に乗せてくれたのだ。

気付かないところで、アレックスは最初から深く自分を想っていてくれた。

「侑？」

侑は、胸元にあるアレックスの頭を掻き抱いた。ぎゅっと抱き締めながら、ダニエルの言葉を思い返していた。

《どちらを大義名分にしたのかは、本人に直接聞いてみて》

「貴方は、僕を利用するような人じゃないって、わかってたのに……」

「こんなに、自分を愚かだと思ったことはない」

侑の腕に抱かれたまま、アレックスが言った。低い声が、密着している胸に振動して心地よく伝わる。

「さっきの爆発は、来賓を狙ったテロだ」

通訳ブースの後ろに当たる場所が控え室で、仕掛けられた小型爆弾が爆発したのだとアレックスが言う。死傷者はなかったという説明に、侑はほっと息を吐いた。

「爆発を見た時、心臓が止まるかと思った」

抱き返すようにアレックスがベッドの中の侑に腕を回した。

「どんなことをしてでも、最後までお前をそばに置いておけばよかったと、あの時心底悔いた」

「アレックス」

「無事で、よかった……」

「……だから」

アレックスが顔を上げて侑を見た。

「だから、あんなことをしたんですね？」

「あんなこと？」

「……部屋に、閉じ込めておくために」

言いにくそうに赤面しながら侑が言うと、アレックスがゆっくりと頭を撫でる。髪をやわらかく掻き回す、大きな手が心地よかった。

「本当はお前にピアスを付けさせるだけでよかったんだ。なのに俺はそれを理由にした」

「アレックス」

「政府のやり方に腹を立てたのも、作戦を変更したのも理由は後付けだ……俺はただ」

侑は半身を抱き起こされていた。告白することで拒まれるのを恐れるかのように、アレックスは侑の身体を腕の中に閉じ込めている。

「お前を、俺の手の中に閉じ込めておきたかったんだ……」

侑が小さな声でそれに答えた。

「僕も、任務を理由にしました」

「侑」

見上げる目が微笑む。

「僕は、貴方のそばにいたかったんです」

――貴方を、愛したから。

ゆっくりと下りてきたアレックスの唇を、侑は拒まず受け入れた。

「ん……ふ……」

くちゅっという舌を貪り合う音と、鼻に抜ける甘い息遣いが部屋に響いた。

互いに抱き締め合ったまま、求め合うように重ねられた唇から、時折熱い吐息が漏れる。

頭の芯まで痺れるような甘い感覚が身体を支配して、侑はまだ任務が終了しているかどうかもわからないのに、アレックスの手を拒めなかった。

「侑……」

「…ぁ……ん……」

――あたまが、蕩けちゃいそうだ……。

熱い肉厚の舌が、口腔内を掻き回して唾液を溢れさせる。舌が頬の内側を擦り上げていくたびに、脳が沸騰しそうなほど熱く蕩けた。

侑は背中や腰を抱えられたまま、口内を激しく愛撫する舌に身悶えた。

「アレックス……ぁ……」

アレックスの手は、ヒクンとうねる侑の身体をまさぐるように動き、片手で抱き締めたまま、器用にシャツのボタンを外し始めていた。

侑がベッドの端に腰掛け、抱き込められているうちに、アレックスはベッドに上がっていた。脚を絡めるように覆いかぶさられ、重なった腿のあたりに熱いものが触れて、侑は脈を速めながら、慌ててアレックスに言った。

「アレックス、ま…待って……」

まだ、周囲には外事チームがいるかもしれないのだ。

アレックスの手が、ぴたりと止まった。

「嫌か……」

アレックスがわずかに視線を外すのを見て、胸が痛む。

無理強いしたことを悔いているのなら、そんな負い目は持たせたくない。

「そ、そうじゃなくて、その……外の人に、聞かれたら……」

「警護のものはリビングの先の廊下を出たところにいる。悲鳴でも上げない限り聞こえない」

侑は口ごもりながら言った。

「じゃあ、な、なるべく声は抑えます」

クスリとアレックスが微笑った。

「俺は聞きたい」

「アレックス！」

ベッドへ押し倒されて、抵抗するすべもなく侑の服がはだけられた。


「…っん……」

アレックスが、侑に付けた傷をひとつずつ舐めていくたびに、背をたわませて喘いだ。

手首の擦れた傷を舌でなぞられ、まだ塞がらない胸の裂傷の縁に、弾力のある唇が押し付けられる。
アレックスの、筋肉の張りつめた熱い肌が胸や腕に触れて重なるたびに、侑をたまらなく感じさせる。

「ぁ……っ……ん、は…あ、あ」

アレックスの頭が脚の間に下りていき、舌先が秘部の周囲を舐るのを感じて、侑はきつく閉じていた目を見開いて逃れようとした。

確かにそこも傷を受けた。だが、罪を償うような口づけを拒むと、アレックスの頭がわずかに上がった。

反応して勃ち上がりかけているものに手がかかる。

「っあ……や……止め……」

口腔に性器を含まれ、内粘膜の熱さに腰を跳ね上げた。

ざらついた舌が鋭敏な先端やくびれを舐め回し、そこからジンジンと快感が全身へ伝わっていく。

「あ……あ、っあ……んっ、止めて、ああっ」

吐精感が込み上げて、必死にアレックスの頭をどかそうとした。真っ白なシーツを捩って悶える侑に、アレックスが顔を上げて目を眇めた。

「煽らないでくれ……お前だけ達かせてやれなくなる」

いつもの低い声が、欲望に掠れている。

「……僕、だけ……なんて」

「詫びのつもりだ」

侑は潤んで涙目になった顔でアレックスを見つめた。

「……これ、男同士でも、普通にセックスなんですよね？」

「ああ」

「愛してる時、するでしょう？」

まだ整わない息を吐き出しながら侑は問う。

「ああ」

侑は色白な細い腕をアレックスに伸ばした。首に絡んでくるその腕に、アレックスが瞠目する。

アレックスに近づいた侑は、頬をすり寄せるようにして囁いた。

「僕だけなんておかしい。詫びとか、どっちかだけがいい思いするためにこんなことするんじゃない」

「侑……」

アレックスの顔を覗き込むように、黒目がちの目でやわらかく見つめる。

「最初から、そうだったでしょう？　貴方は、ちゃんと僕を愛していてくれたでしょう？」

今ならわかる。あの時アレックスは、ちゃんと自分の身体に配慮した。だから侑も感じたのだ。

それがわかるから、今は幸福だ。

心から信頼して身体を委ねると、アレックスが耐えきれないように侑の身体を抱き締め、目を閉じた。

「お前の身体は力ずくで手に入れた。だが心は力では手に入らなくて…」

「うん……」

「俺はそれが欲しかった」

侑は自分を覆った広い背中に手を伸ばした。

熱い体温と脈打つ身体が、心から愛おしい。

「貴方が好きです…」

「侑」

濡れた吐息を漏らして、アレックスが侑の身体に重なるように倒れ込んだ。同時に抑えきれなくなったものを、侑の身体に押し進める。

「んっ……ん」

「きついか？」

「ううん……」

はあ、と背を仰け反らせて息を吐いた。

グッ、という生々しい感触が襞に伝わって、内臓を圧迫するように奥まで入ってくる。

「……ぁ……」

――たまらない……。

抉られる内襞から脈が伝わって、ゆっくりと挿入されたものにまといついている。

アレックスの腰使いと、擦られる感触を思い出して、侑は動かれる前から体内がグズグズと蕩け出すのを感じた。

「ん…っ…」

アレックスを欲して呑み込んだ身体に、侑自身が驚いた。愛おしいと思うだけで、身体の中心がジンと熱く痺れる。

少し眉を顰め、喘ぐ息を低く抑えていたアレックスが、微かに笑った。

「腰が動いてるぞ」

「……っ！」

侑の頬がカーッと赤く染まる。

いつの間にかねだるように腰を揺らして中のアレックスを刺激していたのだ。

自分の身体の淫らな欲望に、消え入りたいほど恥ずかしかった。そんな様子を堪能するように、アレックスが侑の身体を抱え込んだまま耳朶に唇を寄せて囁いた。

「動いたほうがいいなら遠慮しないが……」

「……っん」

熱い息が耳を嬲る。

ギュッと目を瞑って、震えたまま頷いた。了承したアレックスが、侑の胴を摑んで揺さぶる。

「んっ、んっ……っく……ん、あ」

「離すな」

侑は手で胸を押し返して、アレックスの身体を押しのけた。アレックスは抗うその手首を握ってシーツに沈めようとする。

「身体、離して、でないと……」

「わざとやってるんだ」

呑み込んだ言葉に逆らうように、アレックスが張りつめた侑の下半身を挟んで動いた。

突き上げられるたびに、互いの腹に挟まれた性器が擦られて絶頂感を呼ぶ。

我慢しきれなくて溢れた滴が、筋肉が割れたアレックスの腹に擦られてクチュクチュと淫猥な音を立てていた。

上がっていく息の合間に、粘液の淫らな響きが脳内を刺激する。

「汚し、ちゃう……離して……ぁあっ」

身体の内側と外側から受ける快感に、全身の血がせり上がった。

切なげな声を上げる侑に、アレックスが微かに呼吸を乱しながら言った。

「いい。そこで出せ……」

「い、ぁ……ぃ……あ、あ、あーっ！」

ビクビクっと身体を痙攣させ、侑が達くタイミングに合わせるように、アレックスが侑の中に欲望を放った。

◆◆◆

ホテルの車寄せで、日本側の警護チームの責任者として、小関が米国側のＳＰに軽く敬礼した。

「では、引き渡し完了とさせていただきます」

「ご苦労でした」

「我々はここで…」

黒いスーツの男たちが、一斉に小関にならって踵を返した。体格のよい男たちの一番端に、やや小柄な印象の侑がいる。

アレックスの姿はなかった。

今ごろはもう本会議だ、と侑は川向こうにある建物へ目をやる。

五角形の建物内で行われる国防会議に、侑たちが立ち会えるわけがなく、警護対象者を引き渡した外事一課はここで日本へ帰国することになる。

侑はそっと傷だけが残った耳朶を指でなぞった。

「……」

なんだか実感がない。

甘く紡がれた言葉も、熱い逢瀬も、夢を見ていたようで現実感がなかった。

一歩部屋から出ると、アレックスはロイド社のトップで、自分はただの一公務員に過ぎなくて、アレックスはあっという間に側近によって本会議場へ連れて行かれた。

「今回はご苦労さんだったな」

「小関さん」

ぽん、と肩を叩かれて振り返った。

「とんぼ返りで申し訳ないが、まあＮＢＣとしてはいい研修になったんじゃないか？　日本であれだけ何度も爆発の現場に遭遇するってことはないだろうし」

「は、あ……」

察して伏せているのか、本当に気にしていないのか、小関は侑とアレックスのことには一切触れなかった。

空港まで送ってくれる車両まで、のんびり歩きながら小関が言った。

「しかしなあ……アメリカの偉いさんてのは物騒なんだな。あんなドンパチが年中あるんじゃや、肝の据わり具合も違うだろうよ」

「……そうですね」

もうこのまま、会えなくなるのだろうか……。

——連絡先だけでも、交換しておけばよかった。

後ろ髪を引かれる思いで小関の横を歩いていると、後ろから走ってくる音がした。

「高橋君！　君、何やってるの！」

「ミスター・フォーブス？」

振り向くとブロンドの青年が、顔をしかめて小関たちに追いついてくる。

「勝手に部屋を出られては困るな」

「え…？」

侑は無意識に耳に手をやった。あのピアスは付いていない。

ダニエルが自分を見張る理由はもうないのだ。

だが柔和な顔立ちの側近は、まるで小関に過失があると言わんばかりにたたみかけた。

「困りますねミスター・小関。彼はまだフライトなんてできませんよ」

「え？」

ダニエルは当たり前だ、という顔で言う。

「ドクターの許可が下りません。だいたい、何回爆発で吹っ飛んだと思ってるんです。徹底した精密検査をしなくては、どんな後遺症があるかわからない」

小関がダニエルの迫力に気圧されたように引き気味に答えた。

「それは…まあ、そうですね。ただこちらも労災扱いになりますから、帰国してから検査はしますし」

「帰国は不可能です。フライト許可が下りてません」

「ミスター」

ダニエルが侑の腕を取った。

「高橋君、さあベッドに戻って。安静にしてなきゃ。ドクターも呼んであるからね」

「え、あ、あの」

「ミスター・フォーブス、それはこちらも困るんですが」

小関の言葉に、強引に侑の腕を取って歩き出したダニエルが振り返った。

「彼の送還については、外務省を通してご連絡しますよ。……もとを正せばうちのボスを護衛していただいたために受けた怪我です。こちらとしても誠意を示したいですしね」

「はあ……」

小関はダニエルの断固たる口調に諦めたのか、ひらひらと侑に手を振っている。

「小関さん！」

侑は上司に助けを求める視線を送ったが、小関はなぐさめるように言っただけだった。

「お前の上司にはちゃんと報告しておいてやる、そっちの指示に従え。その兄ちゃんは絶対人の言うことなんか聞きゃあしないから」

「小関さーん！」

ダニエルに腕を取られながら、侑は小関を振り返ったが、すっかり手放す気になってしまった小関はそのまま車両のほうに向かっている。

侑は連れ戻そうとするダニエルに思わず抗議した。

「ドクターストップなんて、いつかかったんです」

ダニエルがにこにことそれに返す。

「何言ってるの。シートベルトも締められないのに、どうやって日本までフライトする気？」

「そ、それとドクターストップとなんの関係があるんです！」

「君には心療内科のカウンセリングが必要さ」

悪戯めいた瞳が侑を見る。

「最強のドクターだからね、ちゃんと大人しくベッドで待ってなさい」

「ミ、ミスター」

アレックスのことだろうか？

切れものの側近は、赤面してしどろもどろになった侑に、有無(うむ)を言わせない声で囁いた。

真顔になると、ふだんやわらかな印象な分、妙な迫力がある。

「覚悟しておくんだね。彼は二度と君を手放さないよ」

「え……」

「まあ、これも愛されたものの宿命だと思って受け入れてね」

相変わらず憎めないウインクを投げられながら、あっという間に侑はホテルへ逆戻りさせられた。

夜――。

静かなホテルのスイートルームで、本会議から戻ってきたアレックスが、スーツのポケットから無造作にピアスを取り出した。

〝Ａｉｒ〟だった。

掌で光を乱反射するピアスを見つめる侑に、アレックスの手がそっと伸ばされる。

やや長めの髪を掻き分け、まだ傷の生々しい耳朶に触れた。

「……っ」

傷口に触れないように丁寧にピアスが嵌められた。正面だけがキラキラと輝くピアスが、侑の耳朶を塞ぐ。

「……どうして」

――もう輸送は終わったはずなのに何故…。

不思議がる侑に、アレックスは顎へ指をなぞらせながら微笑む。

「公式に世間に発表されれば、これに機密としての価値はない。同じものはいくらでも作れる」

ベッドに並んで腰掛けながら、侑はアレックスを見た。アレックスの金色の目が、静かに侑を捉えている。

何度も自分を捉えて離さなかった、〝Ａｉｒ〟より美しい金色の宝石。

――アレックス…。

「言った筈だ。これはお前を所有する証になる」

「……はい」

「外すな」

「はい……」

侑はその束縛に微笑みを返した。

穿たれた耳朶は、埋めるべきものを取り戻してキラキラと光を弾いている。

アレックスの唇が、やわらかく侑の額に口づけた。

「愛している……」

「アレックス…」

侑はその胸に、キラキラ光るピアスごと頭を埋めた。

トラスト・ミッション

東京――。

青空には巨大な積乱雲が浮かび、黄色く傾きかけた陽を弾いて輝いている。高橋侑はちらりと窓の外を見ながら、帰りもまだ暑いだろうなと思った。

公安NBCの拠点は目黒にあった。普段埼玉県の施設にいる侑には、あまり通い慣れていない場所だ。

今日は辞令を受けに来ている。

簡素な打ち合わせ室には細長いトレニアと古めかしいパイプ椅子が並び、そっけない白い壁いっぱいにスチール棚が設置されていて、ファイルがぎっしりと並んでいる。侑は上司の小島と並んで座っている本部長の前に、後輩とふたりで立った。ぴしりと敬礼すると、いい感じにしわがれた声の部長が口を開いた。

「お前たちふたりにはバイオテロ研修に行ってもらう」

NBC…核兵器・生物兵器・化学兵器・放射能兵器のテロ対策は、国内ではいくつかの省庁が専門部隊を持っている。防衛省、消防庁、各都道府県警察、そして警視庁公安部だ。

化学物質や生物兵器を使ったテロが世界各地で起きている中、日本のNBC部隊が化学防護服に身を包み、危険物質を取り扱う様子はたびたびメディアでも取り上げられる。侑の所属である公安NBCは、これら現場に向かうNBCとは異なり、生物兵器や化学物質の分析、防御のための研究・対策を行う部門で、その機密性から所在も活動内容もほとんど非公開としていた。

首都・東京をテロから守るための機構作りがミッションで、そのノウハウを学ぶために公安NBCは海外のテロ対策組織で研修をさせてもらうことがある。

今回呼ばれたのは、そうした研修のひとつに参加する辞令を受けるためだった。

本部長が面白そうににやりとする。

「米軍に協力する形で参加させてもらうことになった。初海外の枝川にはちょうどいいだろう。〝爆発男〟の高橋が一緒なら安心だろうしな」

「…あの、本部長、その呼び方は……」

すっかり定着した枕詞に侑はやや眉を顰めた。だが本部長はさらに豪快に笑う。

「なかなかあだ名持ちの男はいないからな。いいじゃないか」

「……はあ」

含むところのないからっとした笑いに、侑もそれ以上深刻な顔にならないように受け流すしかない。けれど、心の中では嘆息を禁じ得なかった。この事件の話題を出されるたびに、気持ちは微妙に複雑になる。

ロイド社CEO、アレックスの警護任務から帰国した後、侑に付けられた冠は『爆発男』という物騒なネーミングだった。まるで爆破犯のようなネーミングセンスはともかくとして、問題は内容だ。

本当は爆発現場の経験だけではない。

――……。

周囲に同僚がいる状態での監禁、凌辱…あの異常な事態をどうして組織は黙認したのか…疑念は尽きなかったが、侑はこの三カ月の間に、事情の全てを自分の心の中に留めるという結論に達した。

理不尽さはある。結局、自分は本当に生贄として差し出されたのかと思うと憤る。けれど、それを追及するためには上司や同僚に自分のされたことを詳細に話さなければならないのだ。そして、全てを曝露しても、揉み消される可能性のほうが高い。

――小島さんは、きっとわかってるんだろうな。

帰国した時、上司からなんとなく遠慮のようなものを感じた。予想外に長くなった米国滞在を責めることもなく、いぶかしむ同僚を前に、小島はさかんに『コイツは何度も吹っ飛ばされた〝爆発男〟』だから、精密検査を受け、帰国が遅れたのだと喧伝した。

〝爆発男〟のあだ名が広まったのはこれが原因だ。

侑には、小島の不自然なほどの強調が、事実を隠すためのフォローに思えて仕方がなかった。ロイド社が検査名目で逗留させていたのは確かだ。しかし侑は小島が何もかも知っていて、敢えて危険な目にあったことだけをクローズアップしているように思えてならない。

――わだかまりはあったけどさ…。

帰国当初は、そんな上司に不信感を消せなかった。けれどだからと言って自分がアレックスにされたことを口に出して抗議するのは躊躇われ、悶々としているうちに、侑は別な見方をするようになった。

――結局、小島さんは、最良の方法で部下を守ってくれたんだよな。

面と向かって何をされたか聞かれたら、侑も答えざるを得ない。上司に知られ、どこかしらに記録は残るだろう。同僚にも漏れる可能性はある。それくらいなら、こうして〝こいつは爆発に何度もあったから〟という話にしてごまかしてもらったほうがまだ傷つかない。

きっと、小島も小島なりに配慮してくれたのだろうと思うと、もやもやとしていた感情も、収まりがつく。

――それに、下手に話して小島さんがアレックスに抗議しても困るし…。

小島が変に正義感を起こしてロイド側に詰め寄ったら、それはそれで困ると侑は思う。アレックスは侑を守るためにプライベートジェットに乗せた。結果的に合意のない状態で犯されはしたが、それも後からあれだけ謝罪されてしまうと責められない。

――そうなんだよなあ……。

本当に、アレックスは最大の謝罪をしてくれたのだ。ダニエルに頼み込んでなんとか三週間で帰国させてもらったものの、その間は本当に大変だった。侑は未だに思い出すだけで顔が赤らむ。アレックスの自宅で、それこそ上げ膳据え膳で大事にされ、過分な待遇に恐縮しっぱなしだった。

――大事に…って言うか、構い倒された感じだけど…。

分刻みのスケジュールで動いているはずのアレックスは、時間の許す限り侑をエスコートしてくれた。毎回違うレストランに連れて行き、観劇やアトラクション、パーティなど、よくもこれだけ思いつくなと思うほど夜毎違うイベントへ連れ出してくれたのだ。

行動の全てがアレックスの深い愛情の証だと心から思えた。そしてその中に、自分にしたことへの謝罪が含まれているのも感じられたから、余計この話を蒸し返したくないのだ。

職場の判断はともかくとして、もうこれ以上アレックスにあの時のことを思い出させたくはない。

そう思うと、見て見ぬふりをした上層部の判断も、すっきりはしないが受け入れざるを得ない。

何よりも、アレックスのために…そう思うと、ふいにあの鋭く甘い瞳を思い返して侑の心臓は不規則に鳴った。

黄金色の瞳。時に苛烈な強さを持って周囲を圧倒するのに、自分を見つめる時だけはわずかに細められて、その甘い視線に心が蕩ける。

「高橋？」

「あ、は、はいっ！」

うっかり顔が緩みそうになって、侑は慌てて姿勢を正した。形式だけとはいえ、まだ辞令は終わっていない。

「米国チームとは現地ＵＡＥで合流してもらう。出発は明日の便だ。いいな」

「はい」

それまで、座学研修にでも行くような気軽な口調だった本部長が、一瞬声に緊張をはらませた。

「今回も、事後現場ではないからな。行った先でどうなるかわからん。お前は経験があるから多少肝が据わっとるかもしれんが、気を引き締めて行け」

「…はい」

米軍が派遣されるのは、ＵＡＥに危険物質の持ち込みが予測されているからだ。犯行予告があったわけではなく、米国から危険物質が持ち出され、それがどうやらＵＡＥに運ばれるらしいという情報しかない。実戦経験を積むため他国の捜査に研修参加させてもらっているが、テロ後の分析ではなく、これからあるかもしれない危険に対処する案件に着任するのは初めてだった。

「今後の中核育成も含めての人選だ。若いのばかりをやるのは多少心配なんだが、しっかり学んで来い」

「はいっ！」

初派遣の枝川は、隣で緊張した返事をする。枝川は侑の一年後輩で、化学分析班の中でも機動力、分析力ともに期待されている新人だ。そんなホープを任せてもらったことに、侑も先輩として誇らしい気持ちはある。

過去のことはともかくとして、上司は海外派遣の実績を積ませてくれようとしているのだ。危険度が国内よりはるかに高い海外で、生物兵器テロ対策のノウハウを学べるのは貴重な経験だと思う。期待には応(こた)えたい。侑も気を引き締めて辞令を拝受した。

ブラインドを半分だけ下ろした窓の外は、ややオレンジに染まり始めた雲が眩(まぶ)しく光っていた。

◆◆◆

「それにしてもUAEかあ、すごい研修先ですね」

目黒庁舎を出て、侑は枝川とふたりで恵比寿(えびす)駅に向かった。庁舎は場所的にはちょうど二つの駅の中間にあり、ふたりとも同じ埼玉の宿舎だから、一緒に帰ることになる。夕暮れで眩しくなった道路に目を眇(すが)めながら、侑は興奮気味の枝川を笑って見守った。

ひとつ年下の枝川は、きょろっとしたつぶらな目をしていて、背格好は侑とほとんど変わらない。髪も少し長めなのだが、整髪料でしっかり髪型を決めてくるので、遠目に見るとホストかアイドルのように見えるらしく、女子ウケはすこぶるよかった。小まめで明るく、ムードメーカーで、そんなところもホープ扱いされるゆえんだ。

枝川のあちこちに細かく散らした毛先を見ながら、侑は無意識に髪に隠した耳朶(みみたぶ)に手をやった。そここにはＡｉｒ(エア)が光らないように上手(うま)く耳裏になるように作り替えてもらったピアスが嵌(は)まっている。ダニエルがだいぶ工夫して、全体を地味なチタンコートでカバーしてくれたので、仮(かり)に髪の間から見えてしまっても、あまりピアスには見えない。それでもやはり職場では浮いてしまうので、あれから侑は極力髪を切らないようにしていた。本当なら職場では付けないのが一番だが、侑は周囲の視線にヒヤヒヤしながらも外していない。

《お前を所有する証だ…》

そう言ったアレックス自身が、公務員という事情を考慮してダニエルに着脱可能なように作り替えを命じたのだが、それでも侑は外すな、と囁(ささや)かれた言葉を守りたいと思ってしまう。

――だって、帰るなって言われたのを無理やり帰ってきちゃったしさ…。

多少無理をしてでもピアスを付け続けることで、アレックスへの気持ちが変わっていないことを示したいのだと思う。

無意識にピアスをいじっていると、適当に聞き流していたのを枝川に怒られた。

「もうー、先輩全然聞いてませんね」

「あ、ごめんごめん」

枝川は可愛(かわい)く膨(ふく)れて口を尖(とが)らせている。

「まあ、先輩は二度目だし余裕でしょうけど」

「そんなことないよ。だいたい、前回のはイレギュラーだったしさ」

最初はハンドキャリーで米国まで輸送するだけの予定だったから、旅支度はしたが本当に着替えもない程度だった。

――マフィア映画みたいなカーアクションとか想像してなかったもんなあ。

思い返しても他人事のように実感がない。少しでも運が悪ければ、被弾して死んでいてもおかしくなかったのだが、感想としては遊園地のジェットコースターに乗ったような感覚だった。ひたすら揺(ゆ)れた車内とか、吸い込んだ粉塵(ふんじん)で咳(せ)き込んだホテル爆破とか、まったくリアリティのない記憶だ。

「でも、結果的に大実績だったんですからいいじゃないですか。俺もそういうイレギュラー起きないかなと思ってますよ」

武勇伝を持って帰りたいじゃないですか、と楽しそうに言うので、侑は複雑な気持ちで曖昧(あいまい)に笑う。

それをどう思ったのか、枝川はこぶしに力を入れて語った。

「先輩みたいにですね、〝次に研修があったら即ご指名〟くらいのハクを付けたいんですよ」

「…今回の辞令が下りてる時点で、十分そうなってると思うけど」

「そうですかねえ」

「生物兵器で、ほぼ行方がトレースされていないものを水際で防ぐなんて、難易度高いよ。帰国までどのくらいかかるかわからないし」

盗まれた生物兵器を完全回収するなど、どうやればいいのか考えただけで途方にくれる。

「そうですよね。そうか、けっこう長丁場(ながちょうば)になるのか…」

急に枝川が黙り込んだ。眩しい夕陽はすでに雲の間に沈んで、茜色(あかねいろ)の残光は雲の上に残っているだけだ。背後は紺色に幕を下ろした夜空が広がる。

「枝川？」

「…いや、彼女に怒られるなと思って。彼女、今月二十八日が誕生日なんですよね」

あと十日じゃ帰ってこれないよなあ、と枝川は真剣な顔で考え込んだ。

「しょうがないね。仕事だから」

「それで割り切ってくれるタイプだといいんですけどねえ」

泣かれるなあ、と枝川は盛大にため息をつく。

「はあ～、気が重いな。先輩の彼女はどうなんです？　会えないと泣かれません？」

「え？　いや…その前にまず、彼女いないないし」

「えー」

目を丸くして枝川が立ち止まった。

「なんでですか？　先輩、超人気じゃないですか」

「…誰に？」

「いや、だからあの数少ない女子たちに…」

――そんな話聞いたことないけどな。

枝川はつぶらな瞳をまんまるにして侑を見つめ、そして何故か勝手に同情してくれた。

肩に手をぽんと置かれる。

「先輩、今日は飲みましょう！　俺に好みのタイプ言ってください、全力で探してセッティングします」

「え、べ…別にいいよ」

「ダメッスよ先輩、俺たちの職場は江戸より厳しい男女比率なんですよ。呑気にしてたら永遠にぼっちですって」

「どういう例えだよ。第一、困ってないし…」

「え、じゃあ彼女いるんですか」

「い、いないけど」

「でしょ、じゃあそんなミエ張っちゃダメですよ」

「張ってないから」

「先輩～」

枝川は肩を摑んでガシガシと揺さぶってくる。侑はそれに困りながら逃げた。

——わあ、なんだよもう。

枝川はヘンな同情と面白半分でせっついているのだと思う。なんとなく、同情してくれているようで、たぶん〝彼女のいる生活〟がいかに楽しいかを語られそうな気がする。

恋人はいる。後輩に心配などされなくても、自分の愛情生活は十分充実しているのだ。

——でも、言えるわけないじゃないか。

同性愛を恥じる気持ちはなかった。特にそういう傾向があったわけではないが、自分としては愛情があれば相手の年齢や国籍にはこだわらない。たまたまそれに性別が加わっただけだと思っている。

さすがに気楽に同僚に公表はできないが、アレックスを愛したことは、間違っていないと言い切れる。ただ、こういう時胸を張って恋人だと言えないのは、別な理由があるからだ。

——だって……。

こうやって、日本に帰ってごく普通の毎日が過ぎていくたびに、その差を実感する。

立場が違い過ぎて、格差があり過ぎて、釣り合わない気がしてならない。

「…」

アレックスのところにいた三週間は、まるで映画のセットの中に紛(まぎ)れ込んでしまったような日々だった。帰国してからも、アレックスからはまめにメールが送られてくる。時間はまちまちで、きっと忙しいのだろう。よせばいいのにメールが来るたびに侑はアレックスのことをネットで検索した。

そのたびに、華やかに輝かしく活躍するアレックスの様子が目に入る。

巨大軍需会社のCEO。米国経済を左右する若きプリンス…どれも、自分からはとてつもなく遠い存在だ。

アメリカに遊びに来いというメールには曖昧にしか返信できない。

仕事があるのだから、気軽に行ける距離ではないのだから、といくつもの言い訳をするが、正直、気が引けているだけだと自分でもわかっている。

会いたいけれど、会えないほど遠い存在に思えてならない。

仮にここで恋人と名乗っても、妄想だと思われそうな気がして、容易には口に出せない。

「…先輩?」

枝川がうらやましかった。パートナーの存在を本当に幸せそうに他人に話せる…自分もそうしてみたいが、できそうにない。

うっかり落ち込んだのが顔に出てしまったと思う。まずいなと思う間もなく枝川が腕を摑んできた。

顔が使命感に満ちている。

「先輩！　やっぱり飲み行きましょう！」

——ああ、しまった。

「大丈夫です。俺、顔広いんで、必ず世話しますから」

「え、ち、違うって、そういう意味じゃないから」

「逃げちゃダメですよ先輩。俺、今夜はとことん付き合いますから」

「いや、違うから。間に合ってるって…枝川、待て」

ぐいぐいと枝川が侑の腕を掴んで歩く。

——これは逃げらんないかな。

彼女話を肴(さかな)に、一杯付き合うのは仕方なさそうだ。

半分観念しながら引っ張られるままに付いていくと、ちょうど恵比寿駅の恵比寿ガーデンプレイス側に着いて、レンガ造りのビアガーデンがすぐそこにあった。

だが、線路上の橋を渡り終えた途端(とたん)に枝川が硬直し、勢いで侑もぶつかりそうになる。

「わ…」

立ち止まった枝川の向こうに、モデルのように整った姿が見えて、侑は思わずまばたきを忘れた。

「……アレックス」

アレックスはビジネススタイルだったが、ジャケットは着ていなかった。

白いカラーと爽(さわ)やかなライトブルーのシャツ、チャコールグレイのネクタイはやや緩められていたが、その微妙なラフさがさまになっている。ガーデンプレイスを背景にすると、まるで雑誌の撮影のように違和感がなかった。

アレックスは軽く腕組みをして枝川を睨(にら)んでいる。枝川は蛇(へび)に睨まれた蛙(かえる)のように直立不動だ。

「…ど、どうして」

いつ来日したのか、と口を開こうとすると、歩道沿いに停まっていた黒いリムジンのほうから見慣れた人影が近づいてきた。ダニエルだ。

ストレートで長めの金髪。アクリルフレームの眼鏡姿で、まるで工学部の学生のようなダニエルが、にっこりと笑う。

「やあ、侑君お久しぶり。さ、乗って」

「え？」

ダニエルはにこにこと近づいてきて、フリーズしている枝川から侑の腕をもぎ取った。侑はされるがままになりつつも、アレックスから目が離せない。

「え、ちょ、ちょっと待って、アレックス…」

「君、失礼して侑君を拝借するよ」

ダニエルがとびっきりのビジネススマイルで枝川に宣言した。枝川は目を丸くしたままだ。

「…先輩、誰っすか、こちら様」

「あ…な、なんていうか……知り合い？」

アレックスはただ黙って立っているが、その目が微妙に不穏な色を帯びているのがわかる。

——お、怒ってる…？

不機嫌さがオーラになって周囲を取り巻いている気がした。

「侑君、急いで」

「わ、ちょ…ダニエルさん、待って」

運転手がリムジンのドアを開けて待っている。侑は引っ張られるままに車に入りながら、呆けたま

まの後輩になんとか声をかけた。

「ごめん枝川、先に帰ってて。飲みに行くのは、また今度…」

あんぐりと口を開けたままの枝川が慌てて頷(うなず)く。

「あ…はい……また……」

間抜けた返事をする枝川を、アレックスがじろりともうひと睨みしてから悠々と前を通り、車に戻ってくる。侑はその様子に、豪華な革張りシートの上で身を縮めた。

——うわ…機嫌悪っ……。

アレックスとはそんなに長い付き合いではないが、さすがに三週間の自宅逗留でだいたいの傾向は摑めている。

——怒ってる…これ、すっごい怒ってる……。

アレックスは当然のように侑の隣に座り、運転手がドアを閉めて車が発進した。

侑は叱られる仔犬(こいぬ)のように尻尾(しっぽ)を縮めてシートで小さくなっていた。

◆◆◆

車内は無言だった。

広いリムジンの中はスモーキーブルーのカーペットと木目調の内装で、後部座席からは歩かないと運転席のほうに届かないくらいシートピッチがある。ゆったりとした座席の前には人造大理石で縁取(ふちど)

られたテーブルがあり、ワインクーラーに入ったシャンパンボトルと、グラスが二つ用意されていた。だが、ダニエルは運転手の隣に座って振り向かないので、侑は無言のアレックスの隣にぽつんといるしかなく、かなりいたたまれない。

アレックスは不機嫌さを隠さず前を向いたきりで、侑はちらちらと横を向いたが、怖くて声をかけられなかった。

仕方なしに視線を戻し、手元を見つめているとアレックスがようやく口を開いた。

「後輩と飲みに行くヒマはあるらしいな…」

――うわ…来た…。

アメリカに来い、なんなら迎えに行ってもいい…というメールに〝仕事が忙しくて〟と返し続けていた。現場を押さえられての皮肉に、言い訳のしようがない。

「……すみません」

日本のホリデイに合わせる、とまで言ってくれる誘いを断っていたのは自分なのだから、怒られるのは当然だと思う。結局、自分よりはるかに忙しいだろうアレックスに来日させてしまっているのだ。

申し訳ない気持ちと、アレックスの不機嫌オーラに侑は小さくなっていたが、やがてアレックスが大きなため息をつき、気配が一気に鎮まった。

「別に、謝らせたいわけじゃない」

そっと見上げると、アレックスの眉間の皺は相変わらずだったが、それは怒りというより不満の名残に変わっている。

「…ただ、後輩と飲みに行くほうが楽しいのかと思うと、面白くないだけだ」

「……」

——あれが楽しそうに見えたかな…。

アレックスの正直な感想に、侑も構えた気持ちが緩んで素直になれる。

「本当にごめんなさい。でも今日のは、明日からの海外研修のことがあって、特別だったんですよ。普段はこんな時間に帰れないし」

「知っている。ドバイだろう？」

「え、なんで知ってるんですか？」

侑が驚いてきょとんとすると、アレックスはテーブルに置いてあったグラスを手にさらりと言った。

「今回の主体は米軍だ。知らないわけがない」

——そうか…そうだよね。ロイド社なんだもの。

軍事企業と軍部は切っても切れない間柄だ。情報はかなり共有されるのだろう。そう納得してから、侑はアレックスが現れたタイミングのよさにようやく気付いた。

「あ、じゃ、もしかして僕の研修参加は知ってたんですか？」

「だから送りに来たんだ」

「え…」

——え——っ？

あっさり言うアレックスに驚いていると、金髪の獅子(しし)のような男は何が悪い、という顔をする。

「フライト中くらいしか時間が取れないのなら、送ろうと思ったんだ」

「な、じゃ、じゃあそのためにプライベート機で来てるんですか？」

「もちろんだ」

「……」

侑は口を開けたきり言葉が出ない。

それはアレックスの暮らしのレベルからすると、たいしたことではないのだろう。ただ、庶民の侑にはついていけない感覚だ。

アレックスが侑の分のシャンパングラスを差し出してくれる。

「どうしてもと言うのなら、あの後輩も一緒に送り届けてやる」

「そんな、大丈夫ですよ。航空券はちゃんと支給されてますから」

「嫌なのか？」

「え、そ…そうじゃないですけど」

アレックスがグラスをテーブルに置いて、ずい、と身体を向けてきた。侑は迫力に圧されて、思わずグラスを持ったままその場に固まる。

黄金に煌めく瞳が、真っ直ぐに侑に向けられた。

「迷惑ならきちんとそう言え。だが、何か遠慮やわだかまりがあるのなら、説明してもらわなければ俺にはわからない」

「…アレックス」

真摯な人だ、と思う。アレックスはただ財力や権力に任せて横暴に振る舞うような人間ではない。持っている力を行使することは当然やるけれど、こちらの気持ちを尊重してくれる。

その眼差しに、侑も気持ちを曖昧にごまかすことができず、正直に答えた。

「気持ちはうれしいです。本当は、UAEに行くまでの時間、一緒に過ごせるのは楽しいだろうと思います。でも、これは公務だから、公私混同はしたくないです」

「……」

侑も真っ直ぐに見つめた。アレックスに、嘘やごまかしで逃げたくない。

「それに、枝川…さっきの後輩ですが、彼に貴方のことを説明できません。日本は比較的性的マイノリティに寛容ですけど、それでも僕は公職ですから、同性との交際をオープンにすると、色々と波紋が大きいんです」

アメリカは少数派に対する理解が大きいように言われているが、あちらだって実情はそう甘くない。同性での恋愛を公表することがどれだけ難しいかは、おそらく想像できるはずだと侑は思っていた。

「だから、ジェットでの送迎は辞退させてください」

この愛情は確かなものだ。けれど公にすることは、まだできない。そう説明すると、助手席のほうから軽やかな笑い声が聞こえた。

「法廷弁論を聞いてるみたいだ。ふたりとも、裁判でもしたいの？」

「…ダニエルさん」

振り向いたダニエルが翡翠色の瞳でウインクをしてきた。

「せっかく再会を祝してシャンパンを用意したのに、気が抜けちゃうよ」

「あ…すみません。ありがとうございます…」

きれいなゴールドのシャンパンは、きめ細かな泡を立ちのぼらせて、車内の明かりを反射している。

礼を言うと、アレックスが笑った。同時に手が伸びてきて、耳のあたりを掬うようにして頭を抱き寄せられる。

「ぁ…」

「ダニエルの言う通りだ。俺は再会を喜びたかったのに、お前が少しもうれしそうな顔をしないから…」

「え…」

「後輩と会っている時のほうが楽しそうだった」

——不機嫌な理由はこれか…。

侑は頭をホールドされながら、ようやくアレックスの不機嫌オーラの理由を知り、同時にこそばゆい幸福感が胸に広がって、思わずふんわりと苦笑した。

「そんな…会えて、うれしいに決まってるじゃないですか」

このシャンパンのように美しい瞳を、どれだけ思い返したかしれない。会いたいと願わないわけがないのだ。

笑うと、つられたようにアレックスの気配が和む。

「本当か？」

侑は心に広がる笑みを露わにした。アレックスの手が求めるように胴へと伸ばされ、抱擁される。

「もちろんです。会えてうれしい…。でも、さっきは見た瞬間から貴方は怒った顔をしていたから…」

アレックスが考え込んでいる。確かに、最初に笑顔が吹き飛ぶような状況を作ったのは自分だと気付いたらしい。

「…それについては謝る」

本当に真面目な人だと思う。ダニエルが以前、不器用な人なのだと評したのも、わからなくはない。後頭部を抱える大きな手が心地よかった。背中側に回った手が侑を抱き寄せて、距離がどんどん近くなる。アレックスの体温が間近に感じられて、侑はシャンパングラスを胸元に握り締めたままその感触に溺れた。

――わあ、気持ちいい。

在米中に何度も味わった感触が甦る。こうしてアレックスの逞しい腕に抱き込まれて、夜毎その肌をじかに味わったのは、もう三カ月も前なのだ。

こうして再び触れると、よくそんなに長い間我慢できたなと思うくらい抱擁がうれしい。うっとりしていると、顔が近づく気配がして、唇に、唇が触れた。

――あ、わ…。

さすがにハッとなって押し返そうとするが、身体はがっちりホールドされてしまい、逃げようがなかった。シャンパングラスを不安定に持ったまま、アレックスの頬を手で押して唇を避ける。

「アレックス、ちょっと…っ」

車の窓はすべてスモークが貼られている。外から見えはしないが、前には運転手とダニエルがいるのだ。仲が知られていても、見られてよいものではない。けれど、アレックスにはそのあたりの羞恥がわからないようだ。少し〝なんだろう〟という顔はしたが、こぼしそうなシャンパングラスを取り上げただけで、腕は緩めてくれない。

「そっちじゃなくて…ここは車内だから……」

離してくれ、と続ける前に、助手席からダニエルの声がする。

「ああ、こちらはおかまいなく」

「ダニエルさんっ！」

視線を向けると、バックミラー越しににこにこ手を振っているロイド・ブレーンの顔が見えた。アレックスも、それが当然、という顔でシャンパングラスをテーブルに置くと、押し倒さない程度に抱き寄せる力を強める。

「……ん……」

やわらかな唇が重ねられて、上唇をめくるように食まれた。頭をしっかり掌で包んで固定され、ゆっくりとアレックスの顔が傾く。こじ開けられた唇を貪られて、侑は蕩けるような感触に甘い息を漏らした。

背中を掻き抱かれ、熱っぽく唇を吸われると頭の芯がじんわりと痺れていく。

「ふ…ん、ぁ…」

重なる胸に鼓動が伝わる。抱き締めてくる腕がたまらなくて、侑もいつの間にか羞恥を忘れて広い背中や金色の髪に手を伸ばして掻き混ぜた。

——ああ、きもちいい……。

甘く求められるままに受け入れると、肉厚な舌が差し入れられる。口腔を淫猥に掻き混ぜられると知らないうちに呼吸が淫らに上がって、刺激のままに身体が悶えた。気付くとアレックスの吐息も熱さを増していて、シャツの裾を引っ張り上げられ、腹に手を忍ばされ、侑はそこで慌てて我に返った。

「あ、アレックス、それは駄目…」

言葉で制止したくらいではきかないのがわかっているので、侑は侵入してくる手を全力でシャツの下から引っ張り出した。理性を総動員しないと、このままでは自分も流されてしまう。

——車内でなんて、とんでもない。

でもアレックスならやりかねない。

「駄目だったら。そ、そういうのは、今度…」

「UAEに行くんだろう」

「そうですけど…」

ならいつこんなことするヒマがあるんだ、とアレックスは不満顔だ。隙あらば引っ剝がそうとしてくる手も、押さえ付けておかないと油断ならない。

——アレックスは〝待て〟がきかない猛獣だからなあ…。

散々喰われた三カ月前を思い出し、研修出発前は絶対駄目だと自分で自分に命じた。

彼の精力に付き合ったら、多分明日は足腰に支障が出る。後輩を連れた責任ある立場で研修に出るのだし、移動はエコノミークラスでの長時間フライトだ。疲労はアレックスのジェット機で行くのと比べものにならない。

「研修が終わったら、必ずアメリカに行きますから」

「その時までおあずけにするつもりか？」

「…すみません」

「……」

気持ちも身体も、双方盛り上がっている。アレックスには不満だろうと思ったが、侑は最後まで理性で頑張った。

「今度の研修の後は、多分ちょっと長めに代休が取れると思うんです。だから、もう少し待ってください」

惜しい気持ちは自分も同じだ。けれど、侑はここでアレックスに呑まれたくなかった。

「部内で、僕と後輩だけが選出されたんです。大事なチャンスなんです」

一人前になりたい、と侑は思う。

まだ入職して数年しか経っていない。学ぶべきことがたくさんあって、いつになったら胸を張ってテロ専門の職員だと言えるのだろうと思えるほどだ。

「僕は、きちんと仕事で実績を積みたいんです。だから、万全の態勢で今回の研修に臨みたい」

アレックスの私邸に招かれている間に、ダニエルからもアレックス本人からも、ヘッドハンティングの話をもらった。ロイド社の研究部門へ転職しないかという提案だ。けれど、まだ学校を出て数年しか経っていない自分に、そんな実力があるわけがない。

アレックスに囲われ、庇われるだけだとわかるから、その話は固辞した。

確かに、ロイド社にいればアレックスにはもっと頻繁に会えるだろう。彼の推挙があれば、最新の技術を勉強させてもらえるかもしれない。

けれど、それは公私混同だ。

彼の恋人だから、私情が絡んだ人事として実力もないのに優遇されてしまうのは嫌だと思う。

だから無理やり日本に帰った。アレックスの庇護下ではなく、自分は自分のいる場所で、きちんと実績を積んで、一人前になりたかったから。

「必ず会いに行きますから、待っていてください」

誰にも恥じない立場で、アレックスと並んで立ちたかった。レベルが違うことは十分わかっているけれど、恋人として価値のある存在になりたい。そう思って侑はアレックスの腕をゆっくりと押しのけ、決意を込めて微笑んだ。

「研修、頑張って行ってきますね」

「……わかった」

アレックスは笑わなかったが、侑の意志を認めて手を離し、静かに前を向いた。

——必ず、胸を張って会いに行けるようにしますから。

大企業のCEOに肩を並べるようになれるとは思えない。けれど、少しでも自分の足場がちゃんとある人間になりたい、抱き合うのはそれから…そう思って侑は心の中でアレックスに誓った。

やがて車は品川に入り、そこで降ろしてもらい、丁寧に礼を言って帰路についた。

◆◆◆

二日後、侑たちは日本を出発し、ドバイ国際空港に着いた。すぐに現地対策部隊と米軍から派遣されているチームに合流し、空港に近い宿泊施設をあてがわれる。

侑と枝川は手早く荷物を宿舎に置き、顔合わせを兼ねたブリーフィングに参加した。

作戦本部は空港の中に場所を借りている。世界有数の規模を誇る空港を歩きながら、警備の大変さを想像し、ふたりともため息をついた。

「…二十四時間稼働の空港なんですよね。ここ」

「うん…」

「……本当に、水際で防げるのかな」

ぐるりと見回してつぶらな目をぱちくりさせる枝川に、侑も同じ気持ちで頷く。ドバイ空港は、中東のハブ空港だ。観光客は途切れることがなく、何階分も吹き抜けになっている長いショッピングゾーンには黄金の椰子の木がそびえ、ドバイの輝かしい繁栄を象徴して輝いている。

「でも、この空港を守らないとね…」

言葉には、自分に言い聞かせる気持ちも含まれている。

オフィスの場所は、敷地内をまたいだ反対側にあるエアポートフリーゾーンだ。

円形にぐるりと建物が並ぶフリーゾーンには様々な企業が入っている。今回のチームは政府の方針で非公開となっているため、本部となるオフィスも、表向きは違う名前が掲げられていた。カンファレンスルームに入ると、すでに会場には二百人程度はいるだろうと思われるスタッフが、ずらりと並ぶテーブルに着き、それぞれにPCを開いている。侑たちもあいている席を見つけてそれぞれに資料をクラウドサーバー上から取得した。

会議が始まると、チームの総指揮に当たる米軍将校から挨拶があり、中央のスクリーンには本ミッションの概要が示される。侑はパワーポイントで作られた資料を開きながら、改めてその規模に驚いていた。

――あの空港の規模を考えたら、そうだよな。

メインの指揮は米軍の生物兵器専門チームが取り、在UAE仏軍とUAE軍がサポートに入る。そしてどちらにも私設軍事会社から対生物兵器のスペシャリストが派遣されており、それぞれのヘッドが紹介された。侑たちは本当に見習いとしかみなされておらず、研修名目で参加した日本とドイツのメンバーは最後に名前が入っているだけだ。

それも仕方がないと思った。国内でも化学兵器テロは想定されているし、訓練も研究もしてはいるが、これは危険性のリアリティが違うと思う。

檀上に立った男が、レーザーポインターを使って説明していた。

「〝フェルティィネ〟は常温での移送が可能です。呼気を経由した空気感染を起こします」

米国の研究施設から盗まれたのは、感染すると血管が溶解を始める、致死率の極めて高い〝フェルティィネ〟と呼ばれるウイルスだった。体内に入ると、約二十四時間から四十八時間以内に発症する。

「発症した状態がこれです。溶解した血管がこのように皮下に現れます」

罹患(りかん)したラットの画像は、ウイルスによって血管が溶解したために皮膚(ひふ)が変色し、鮮やかなピンク斑(はん)が現れている。

どぎついオペラピンクの斑点は、次の写真では大きく皮下に広がり、やがて画像のラットは全身の半分がピンク色になったところで命が尽きていた。

「致死性の高さはもちろん、空気感染という極めて拡散性の高いウイルスです。現在、ワクチンの開発を急ピッチで行っていますが、残念ながらまだ間に合っていません」

ウイルスは、昨年偶然発見されたものだった。常温で扱えるという容易さ、拡散性の高さから生物テロに悪用される可能性が高く、研究施設では厳重に保管すると同時に、抗体の研究も進められていた。その矢先の盗難だったらしい。

盗まれたウイルスの足取りが摑めたのは、ほんの一週間前だ。ウイルスを持ち出した被疑者を割り出し、接触者を洗い出して中東テロ組織と判明。中東全体の中でも、ここ最近特に生物テロの動きが見られる組織を洗い出し、被疑者とそのグループの動きをトレース、そして絞り込まれたのがＵＡＥだった。

プロファイリングを行った分析官が説明に当たり、さらに海路、空路、陸路の中から輸送ルートを絞り込んだ結果、空路の可能性が高かったことを指摘する。

「海路・陸路にも別動隊を配備しています。だが、この空港が最も危険性が高いと認識してください」

――ここまでくるのに、相当な人員が使われたんだな。

被疑者は研究施設のスタッフのひとりだった。だが、本人は米国出国前に射殺されている。その時、ウイルスの入ったスワブ(ケース)は見つからなかった。

誰かが彼の代わりにウイルスを持ってＵＡＥを目指しているのだ。設備の十分整った環境で、バイオテロ用に培養(ばいよう)するつもりでいると見られている。

米国内での回収ができず、アメリカは人員を増やし、さらにＵＡＥ・仏軍の協力を要請、そして今回の態勢に至った。

ＵＡＥ内に持ち込まれて増産が始まったら全回収はさらに困難を極める。そして、それが使われてしまったら、どれだけ甚大(じんだい)な被害になるかわからないのだ。

ふと隣を見ると、〝研修でハクを付けたい〟など軽口を叩(たた)いていた枝川も、リアリティショックで顔つきが変わっている。そういう侑自身も、緊張感で息を詰めていた。

二百人を超えるスタッフは、自分たちを除けば全て選りすぐりのエキスパートだ。

生物テロの現場経験がある者、研究施設から派遣されたウイルスの専門家、対武装処置班、検知器やスクリーニングの専門家、感染専門の医療スタッフが揃い、最悪の場合は空港封鎖も含めて検討されており、渡された資料にはそのマニュアルもすでに出来上がっていた。配備先は、元々所属している部隊毎に割り振られており、俺たち〝おみそ〟は、米軍のチームに名前が組み込まれている。

「輸送犯は現在、米国内に留まっていると見られています。もちろん、出国空港でキャッチできれば最善ですが、取り逃がした場合の最後の砦がこのドバイ空港担当です。犯人は、およそ一週間以内にドバイに入国すると予測されています」

アメリカ側も、最初はウイルスを持ち出した人物と、テロ組織の関連が摑めなかった。

被疑者は脅されてウイルスの持ち出しを強制された可能性があった。それだけにウイルスと目的がなかなか繋がらず、ようやく中東組織の接触がわかったものの、彼らの行方が追えていない。

スワブはごくありふれた検査用のキットだ。プラスチックでできた試験管サイズの容器で、X線や目視で手荷物から見つけ出すのはかなり難しい。

麻薬のように匂いを元に犬を使うこともできなかった。犬にウイルスの匂いを嗅がせた瞬間に、犬自体が感染してしまう。熱反応もなく、サーモチェックは不可能。唯一できるのは、手荷物を人の手で細かく見ていくことしかなかった。

「我々は空港職員を装い、現地職員とペアを組みます。制服は後で隣室で受け取ってください。勤務シフトはサーバーに上げておきます。空港内の施設説明、勤務ルールの説明はこの後十五分の休憩を入れてから行います」

約一時間半にわたるブリーフィングがいったん終了し、各自が休憩を取るためにガタガタと席を立ち始める。枝川は詰めていた息を吐いて侑を見た。

「……スゴイっすね」

「うん」

それでも、侑はすっと深呼吸して焦(あせ)りを抑えようとする。

先輩なのだから、枝川が落ち着いて任務に取り組めるように、まずは自分が冷静にならなければならない。一呼吸置いて、侑は笑って席から立ち上がった。

「今のうちに、ホストをしてくれるカルロさんのところに挨拶に行っておこう」

「あ、はい」

アメリカ側で、研修者の世話役を用意していた。侑は枝川を伴って檀側に行き、所属を名乗ってホストと引き合わせてもらった。

◆◆◆

侑と枝川、全てのスタッフにとって先の見えない緊張の日々が始まった。

侑は空港の職員の男性とペアを組み、さらに研修生だけは米軍スタッフと三人でゲートチェックに当たった。枝川は出国、侑は入国ゲートを担当している。

空港は警戒を強めているが、訪れる観光客には理由を知らせていない。ひっきりなしに航空機が離発着し、ゲートには旅を楽しみに来た客やビジネスマンなどが溢(あふ)れ、侑たちはなかなか進まない手荷物検査に苛立(いらだ)つ客を渋滞させながら、わずかな隙間も見逃すまいと荷物を調べ続けた。

地道にやるしかないのだと思う。

輸送犯の捜索は、アメリカで必死に行われているだろう。自分たちにできることは、そこをすり抜けてしまった場合の、最後の防衛だ。そう思いながら気を引き締めた。

荷物を細かく開けてもらい、あからさまに嫌な顔をされたりもするが、焦らないようにと自分に言い聞かせながらひとつひとつの荷物をチェックしていく。

ゲートチェックの担当が終わると、別のペアを組んで空港内哨戒(しょうかい)に当たった。きちんと武装をした警備員も配置されているが、それとは別な私服巡回だ。

ショッピングモールもターミナルを繋ぐトラムも人で賑(にぎ)わっているが、その中での巡回はさりげなく歩きながら、少しでも違和感を覚える相手がいないかを探していく。もちろん、監視カメラの画像チェックも行われており、顔認識をする解析にかけて、世界中でリストアップされている危険人物に該当する者がいないかを自動処理で洗い出している。

シフトは二十四時間を三交替にして二勤務すると仮眠が一度入った。そして三日に一度半日の休憩が義務付けられている。集中力と体力を維持するためだ。

だが、休めと言われても気持ちが落ち着かず、仮眠はできるものの、半日の休暇の間も結局拠点になっているオフィスに顔を出してしまう。

その日も侑は勤務が終了してからオフィスに立ち寄った。対策本部も常に人がいて、ゲートチェックや哨戒と違って、こちらは二シフトで、幹部は常詰めだ。メインコントロールルームには何十台ものモニターが並び、ゲートチェック部門などからの画像がダイレクトに流れている他、米国本部との連携、湾岸部隊、陸路部隊との連携画面、いざという時に出動してもらうＵＡＥ軍との連携画面などが常時映し出されている。こちらも、後から後から人が追加され、対策部隊はかなりの大所帯になっていた。

「ユウ！　お疲れさん」

「カルロさん、枝川、お疲れさまです」

　枝川と組んだ研修生ホストのカルロがにこやかに手を挙げた。枝川もやはり勤務が終わると本部に顔を出す。三人はお互いを慰労して肩を叩き合った。

「出国ゲートはどう？」

「お客さんにガンガン怒られてます。プライバシー侵害だって」

「はは…」

　枝川が参りますよ、と情けない顔をしてみせる。だが空港利用客に憤慨されるのはどこも一緒だった。通常のチェックではやらないほどの細かい検査に、怒り出す客は少なくない。

「……なかなか、進捗しないね」

　ずらりと並ぶモニターとオペレーターに目をやりながら言うと、カルロが答えた。

「こういう作業はね、劇的なシーンなんてほんの一瞬だよ。ほとんどの作業が単調で先の見えない、そして注意を要する任務だ」

「……ええ」

　大事なことは、息切れせずにこの緊張感を長期間保ち続けること。フェルティネを回収するまで、ひたすらこの地道な手荷物チェックをするのが、今の自分の任務だった。

「まあ、だから休む時はちゃんと休みなさい。この後はふたりとも非番だろう？」

「え、ええ」

カルロが肩を竦(すく)める。

「日本人は勉強熱心なのはいいが、休みの時まで働くからいかん。君たちは、常にオフィスか空港にいるんだから…」

「すみません…」

笑われながらも怒られ、侑と枝川は首を竦めた。ここに来ると、研修生の特権でどの勤務者も任務の邪魔にならない限り親切に色々教えてくれる。枝川も侑も、この機会を逃すまいとオフィスにいる限り様々な職種の人々の仕事を見せてもらっていた。

枝川とも、宿舎よりオフィスで顔を合わせることのほうが多い。

「そんなこと言ったってね、もったいなくて、宿舎でなんか寝てられない」

「ですよね。なるだけ吸収したいし……あれ？」

枝川が並んでいるモニターの一箇所に人が集まり出したのに注目した。

UAE軍と通信している端末だ。カルロを見ると、丁寧に説明してくれる。

「ああ、例の試作ワクチンが到着したんだ」

「間に合ったんですね…」

今回のウイルス流出を受け、研究所は応急手当てとしてまだ試作段階のワクチンを量産した。本当はどこまで効果があるかわからないらしいのだが、ないよりはマシだと思う。

「今空軍空港に到着した」

「研究所の方たちも、頑張ってくれましたね」

「効果が百パーセントじゃなくても、あると思うだけで心強いですよ」

早く到着しないかな、と枝川とふたりで喜んでいると、カルロが濃い茶色の目で笑った。

「じゃあ、勉強熱心な君たちに特別にご褒美だ。受け取り部隊のヘリに乗っていいよ」

「え、本当ですか！」

「やった！　軍空港に行ける！」

鼻ちょび髭を蓄えたカルロはアメリカ人らしいゼスチャーでおどけてみせた。彼は大柄で年も四十過ぎだ。どうも小柄でちょこまか動く研修生たちが子供に見えるらしく、けっこう可愛がってくれている。

「こんなご褒美に喜ぶなんて、うちの息子たちに見せてやりたいよ」

「ははは…本当にうれしいです。ありがとう、カルロさん」

カルロは、どういたしまして…と両手を広げ、運送班に話をつけてくれた。

侑と枝川は、軍用ヘリに乗ってアル・ダフラ空軍基地へ向かった。


軍用空港は首都アブダビに近い場所にある。受け取り部隊は空港に到着すると、厳重に守られたアタッシュケースを引き取った。開けると中には百人分のワクチンが並んでいる。

研究所の所員が使い方、保存方法を説明した。

「取り急ぎ百人分です。現在、完全な効果を持つワクチンの開発と同時に、試作ワクチンの増産を続けています。あと四日で、三百人分用意できる予定です」

「助かります」

所員はワクチンの管理と、発症者が出た場合の罹患者接種を任されている。ドバイ空港までは、研究所員とワクチンを乗せたヘリ、万が一に備えたダミー輸送の二手に分かれることになっていた。

「僕はダミー車両に乗るよ、枝川はヘリに乗って」

「はい」

アタッシュケースは厳重に防弾コンテナに入れられた。ヘリの乗員定数には達していないが、ひとり増えた分と荷物の大きさを考えると、人数は減らしたほうがいいと思ったのだ。

国内にはフェルティネの受け取りを待っているテロ組織がある。彼らにとってもワクチンは必要だろう。情報は厳重に管理しているものの、漏れていないとは限らない。念のため、ダミーで陸路をジープが走り、時間を置いてからヘリが二機別々に出発するようになっていた。

第一陣が侑の乗車するジープだ。

念のためにタクティカルベストを着せられ、後部シートの真ん中に乗せてもらう。両脇と前列は自動小銃を構えたUAE正規軍だ。

——物々しいな…。

囮だからだろう、わざと厳重警戒の態勢を取り、ジープは両側の窓を開けて銃口を出したまま砂埃の舞う幹線道路へと出た。

ここからドバイまでは約二時間かかる。侑は猛スピードで走る車から外を眺めた。軍用空港を出ると、道路はきれいに舗装されていたが景色は見渡す限り砂漠だ。反対側を眺めると、かなり遠くに街が見える。

「あっちがアブダビだよ」

侑の視線に気付いて、親切に教えてくれた兵士に礼を言うと、銃を構えたまま兵士が笑う。

「街には日本人がたくさんいる。俺も日本語を知ってるよ〝アリガトー〟〝コンニチワ〟〝ヤアヤア、ドウモドウモ〟……」

「あはは、すごいな…よく知ってますね」

侑は思わず笑ってしまう。ワクチンを積んでいないからだろうか、彼らは警戒はしっかりするものの、気楽な顔をしていて、日本語をネタに他の兵士も何かと話をしてきた。

「まだ知ってる〝ワサビ〟だろ、〝ダイソー〟だろ、あとカッパマキ、トロ、ゲソ、ウニ…」

「なんだ、食べ物ばっかりじゃないですか」

わははは、と兵士たちが豪快に笑った。日本の食事は美味しいのだとさかんに褒められ、和んでいる時、ふいにドォンという音が遠くでして、全員が一斉に街とは反対側の砂漠を見た。その次の瞬間に、ジープは飛んできたロケット弾に接触し、迎撃する間もなく横転する。

「————ッ!」

侑はとっさに頭を庇って丸まったが、車体が回転して、位置関係はよく摑めなかった。気が付くと銃を構えた兵士に窓から引っ張り出され、砂漠に這い出す。

「大丈夫か、こっちだ」

「…はい…っ」

兵士たちは、軽口を叩いていた様子から一変して険しい表情になっている。だが、まるで日常のような平静さでただ姿勢を低くし、次の攻撃に備えて車体の陰に隠れていた。

「ロケット弾だから、発射地点からかなり距離がある、目視で見える範囲にはいなかったから、すぐには来ない」

「はい」

お前も使えるだろう、と小型の銃を手渡された。

「使い慣れてないなら、這いつくばって肘を地面に固定しろ、ジープの陰から出るなよ」

「はい…」

乗っていた兵士は全員無事だ。ドライバーも含めて四人ともしっかり迎撃態勢になっており、リーダーが空港に襲撃報告と応援要請をしていた。

侑も言われた通り身体を低く固定し、銃を構える。このタイプは使ったことがないのでどのくらい当たるかわからないが、何度か照準を確認し、できる限り精度を上げようとした。

隣で銃を構えたまま目を逸らさない兵士がだみ声で笑う。

「なかなか肝が据わってるじゃないか。もっとパニックになるかと思ったのに」

「十分びっくりしてますよ。襲撃、予測してたんですか？」

侑は兵士のほうを向いて笑った。落ち着いているわけではない、襲撃されるかと思うとドキドキするのだが、何故か適応できているのだ。

——場数を踏んだ成果かな…。

ラスベガスの時ほど気が動転しない。侑は自分の中で、その変化に驚いていた。

荒っぽい日常に慣れている兵士たちと一緒にいるせいもあるのだろうが、不測の事態が起きた時、すぐ身体が動く…そういう自分になれたことを思うと、アレックスの警護に関わらせてもらったことは、とても貴重な経験だったのだと今さらながら感謝した。

「奴らはローカルだからな。空路より陸路のほうが狙われやすいんだ」

ホントにお前も損なほうを選んだな、と笑った後、兵士が表情を引き締めた。

「来るぞ…ジープ二台だ」

リーダーが目視で確認し、声をかける。さらに距離が縮まり、侑の目でもわかる頃には、機関銃掃射のババババッという派手な音が響いて、弾のいくつかがジープに当たる鈍い音がした。

「ユウ、真ん中で引っ込んでろ、顔出すと撃たれるぞ」

「はい」

掃射が止む一瞬を狙って、兵士がスコープをわずかにせり出し、テロ組織側のジープに撃ち返す。

ゲリラ兵と違って弾数を撃たないのが特徴だ。

「奴らは素人上がりだからな、数撃ちゃ当たるの方式でハデに撃ってくるが、精度はない。隠れてればまず当たらん」

兵士たちは落ち着いて反撃できる一瞬を狙う。近づけば近づくほど、危ないのはテロ組織側のほうなのだ。

パン、と乾いた音が響いて、確実に敵の数が減っているのはわかるが、同時に敵のジープはどんどん近づいてきており、機関銃掃射の音は震えるほど近くになる。だが、運転を担当していた兵士が車体に隠れながら慎重にテロ組織側のジープのタイヤを狙い、パス、パスッという連続した音が響くと、やがて車の動きが止まった。

「誰か、フォローしてくれ」

「わかった」

リーダーが言い、合図が出ると両側から銃掃射する。相手が一瞬怯(ひる)んだタイミングでリーダーがジープの陰から顔を出して一箇所を狙い撃ちした。侑はそれを地面に一番近い場所から見上げるしかできない。

――何を狙ったんだろう。

そう思った次の瞬間には、ボワンという爆発音がして、襲撃してきた男たちの叫び声が上がった。ジープの陰に身を潜(ひそ)めていたこちらの兵士たちが左右に飛び出していく。侑が足を引っ張らないように、慎重に銃を構えて顔を出すと、兵士たちはもう砂漠を走って逃げる残党たちの背中を撃っていた。

――そうか、ガソリンタンクを狙ったんだ。

車は爆発して炎上している。その前の銃撃で倒れた者は置き去りにされ、タイヤがパンクさせられているもう一台のジープは必死で逃走しているが、正規軍の兵士はしっかり狙ってジープの動きを止め、残党を全て狩った。

兵士たちは倒れているゲリラ兵の死亡を銃口でつついて確認してから戻ってくる。侑は彼らの鮮やかな手並みを、ただ見ているしかなかった。

全てが片付いた頃に、救援のヘリがバラバラと音を立てて近づいてきた。

◆◆◆

救援に来たヘリは、輸送ヘリとは別な機体だった。ジープの回収部隊が来るまで残る兵士とヘリに回収される兵士に分かれた後、さらに一台ヘリが来て、やはり正規軍の兵士が侑を見つけると近づいてくる。

「高橋侑さんですね、あなたはこちらのヘリです」

「え？」

――あ、僕はドバイ空港に直帰なのかな？

そう思って尋ねると、兵士は負傷者の手当てをするので…とだけ答えた。

「怪我は特にないですけど」

「ですが、こちらは指示を受けたので」

「そうですか…」

侑は正規軍兵士たちに礼を言い、言われた通り別のヘリに乗り込んだ。どちらも間違いなく空軍空港から来ているヘリだし、逆らう理由はない。だが、ヘリはドバイ空港を飛び越し、市内に入ってビルのヘリポートに下りた。ご丁寧に、ポートにはストレッチャーが待機している。

「あの…本当に僕はどこも負傷していませんけど」

「いいえ、車が横転してますから。検査を受けさせるように言われています」

「え…」

てきぱきと、有無を言わさず乗せられ、侑はあれよあれよという間に救急車に乗せられた。

――そんなに危なかったかなあ？

緊張状態だと、怪我をしていても痛みがわからないことがある。もしかすると大丈夫だと思っているのは自分だけで、本当は見た目に危険な状態なのだろうか…そう思ってみるのだが、それでも狐に摘まれたような気持ちだ。

救急車両は走り始めて五分も経たないうちに停まり、大きな建物の通用口と思われる場所に下りた。もちろん、侑はストレッチャーから降ろしてもらえない。

――豪華な病院だな…。

ドバイは近年でめざましい発展を遂げた街で、どの建物も美しく豪華だ。だから病院もそうなのかなとは思うのだが、ＵＡＥの医療機関は見たことがない。

比較的落ち着いた内装のエレベーターに乗せられたが、表示を見るとずらりと三ケタまでの数字が並んでいる。

――病院で百階を越す？　あるか？　そんなの…。

「あ、あの…ちょっと、ここは……」

思わず侑がストレッチャーから起き上がりかけた時にエレベーターがチン、と音を立てて止まった。

開いたドアの先を見るとにこにこと笑う、金髪に眼鏡をかけたスーツ姿の男が立っている。

「はいお疲れさま。打ち所が悪くなかったか診ておこうね」

「……ダニエルさん！」

言葉が続かなくて黙っていると、ストレッチャーがエレベーターから出され、侑は自分を運んできた救急隊員に手を添えられて降ろされる。

「ちょ…だ、ダニエルさん、どういうことです、これ」

ダニエルはいつも通りとぼけた顔だ。

「どうもこうも、君がジープごとひっくり返ったって聞いたからさ。また脳震盪で倒れたら大変だろう？」

「あなたまでそのネタを使うのやめてください。今度は自力で起きましたよ」

憤慨したが、ダニエルは、それはよかったとにこにこするだけで取り合ってくれない。すたすたと歩いていってしまうので、侑も結局追いかけざるを得なかった。

「ダニエルさん…」

廊下は美しい木目壁と天井で、モダンな模様のタイルが嵌め込まれている。付いていくに従って豪華になり、どうやら自分が運ばれてきたエレベーターは業務用だったのだと見当がついた。

先を行くダニエルが説明する。

「たまたまうちのボスがここにひと部屋持っていてね。あまり使う機会はないんだけど…」

「はあ…」

――持ってるって、マンション!?

「さ、どうぞ…」

ドアを開けられると、機能的でスタイリッシュな空間が広がっている。リビングの奥は全面窓ガラスで、その向こうにはドバイの街が見下ろせた。相当な高さなのが遠目でもわかる。

何十畳あるのかわからない広いリビングには上質なグレーのソファが大理石天板のローテーブルを

取り囲んでいて、同色系の壁は金箔模様と黒い流線形のデザインが施されたアーティスティックな仕様だ。足元をライトアップしている幅の広い廊下を促されて進むと、アレックスがちょうどPCを閉じたところだった。

「アレックス…」

「患者さんをお連れしましたよ、ボス」

茶化すダニエルに、アレックスは表情を変えない。

「ご苦労」

「では、僕はこれで…じゃあね侑君」

「え、ダニエルさん？」

ダニエルは手をひらひらさせて「僕はこれで退勤だから」と涼しい顔をして去っていく。取り残された侑はどうリアクションしていいかわからないままソファの脇で立ち尽くした。

アレックスが立ち上がってリビングの端にあるカウンター状の場所に行った。目で追っていると、クーラーからボトルを取り出し、グラスを持って戻ってくる。その間、侑は呆けたように室内とアレックスを交互に見ていた。

「……」

部屋は広い意味でワンルームだった。絨毯でエリアを区切っているが、ソファがあるリビングの左側にはキングサイズのベッドがあり、通ってきた廊下の右側はどうやらキッチンスペースになっているらしかった。カウンターのように見える場所の向こう側に、何か調理設備のようなものが覗いている。

――ここ、ブルジュ・ハリファか…？

ドバイで百階以上の建物というと数は絞られる。そう言えば世界一と言われるタワーには居住フロアがあって、それは中国勢が買い占めて…というような話を小耳に挟んだ気がする。もしかすると、そうなのかと思って窓の外を確認しかけると、アレックスが近づいてきて腰から引き寄せられた。

「わ…」

「怪我は…？」

「…な、ないです」

アレックスは私服だった。黒いシャツは第三ボタンまではだけていて、袖は七分ぐらいのところまで無造作にまくり上げられている。スーツの時より身体に沿う細身のパンツも、覗き込める胸元も、やたらなまめかしくて侑は直視できない。

「…なんで……」

正規軍を使ってまでこんな方法を取るのだと問おうとしたが、ぐいっと顎を取られて先を続けられない。

「襲撃されたと聞いて肝が冷えたが、お前はだいぶ慣れたらしいな」

――……あ…。

「心配…してくれたんですか」

「当たり前だ」

侑は、自分の考えから大事なことが抜けていたことに気付いた。アレックスがロイド社の力を使って正規軍を動かしたことに、非難めいた気持ちを持っていた。それどころか自分の仕事を中断させられたような気になっていたが、アレックスはただ侑の安否を気にかけてくれただけなのだ。

それが常人の持つ権力と桁が違うからやることが大きくなってしまうだけで、親しい相手の安否を気にするのは、ごく当たり前の行動だ。

「…すみません」

「何を謝ってるんだ？」

アレックスが不思議そうな顔をする。侑はこつんとその胸に頭を寄せた。

――僕ひとりが、張り合ってるんだ…。

元々持っている力がこれだけ違うのに、一生懸命肩を並べようと必死になっていた。枝川のことを笑えない。

――自分だって、この研修で〝ハクを付け〟ようとしてるじゃないか。

少しでも足場を固めて、ひとかどの人間になって、アレックスと一緒にいてもおかしくない存在になりたい。そうでなければ彼と会えない…いつの間にか、そんなおかしなプライドに振り回されていた。

けれどアレックスはごく当たり前に、ひとりの恋人として安否を気にしてくれている。

自分が忘れていた相手への想いを自覚して、侑はそのままアレックスの身体に腕を回した。

「心配かけたなって思って……」

わざわざドバイに逗留してくれていたんですか、と問うとアレックスが低く苦笑する。

「半分は仕事だ。入国したのも今日だしな」

「そうなんですか…ぁ…」

アレックスが侑の腰を抱き寄せたままもう片方の手で肩を抱き、そのままソファに座った。抱き込まれた侑はなし崩しにアレックスの身体に乗るようにして一緒にソファに沈んでしまう。

「着いた途端に襲撃の連絡を受けたんだ…心配で目が離せない」

甘い瞳が近距離で見つめてくる。普段見下ろされてばかりいるので、逆の体勢になると気恥ずかしくて、侑はなるだけ重みをかけないように自分の脚で身体を支えようとするのだが、アレックスがそれを察知して脚をひっかけ、腕で抱き寄せて侑を完全に乗っからせてしまう。

「わ…」

赤ん坊のように背中を撫(な)でられ、肩を抱いていた手がゆっくり首から頭へ上がっていく。自然に唇が近づき、侑は素直に求めに応じた。

「…ん……」

弾力のある唇が侑の唇をめくり上げ、こじ開けてゆっくりと何度もキスされる。長い指が誘導するように侑の頭を押し下げ、より深く舌が割り込んできた。

「ん……んふ……」

目を開けていられなかった。頭に回された手は耳介(じかい)を悪戯するように摘まみ、指先でくすぐる。同時に腰にあった手で強く抱き寄せられ、互いの熱を実感させられた。

――あ…っ……。

ビクンと腰が揺れてしまう。その兆候(ちょうこう)を逃さないかのように、アレックスが脚を絡めて侑の身体をより深くソファに引き込んだ。

尻を揉まれ、舌を挿(さ)し入れられ、身体はアレックスの熱っぽい希求に呑み込まれていく。

「……っ」

臀部を撫で上げていた手がベルトに伸び、シャツが引っ張り上げられ、侑は半分喘ぎながらわずかに抵抗した。

「ぁアレックス…ま、まだ勤務中…だから」

「明日の朝まで休暇のシフトだろう？」

どうにか唇を離してもらい、潤んだ目を開けるとアレックスの艶のある視線が絡む。

「なんで…知ってるんです」

「調べた」

「…職権、乱用……ぁ…っん…っ」

シャツから潜り込んだ手が背中を撫でる。脇腹をなぞり、一気に胸元まで這わされた指先に、侑は思わず声を漏らした。

「ロイドの関連会社からも軍事派遣の社員を出している。お前の所在と無事は報告してあるし、明日の勤務までには帰す」

ならば文句はないだろう…と言われて、侑は反論を思いつかなかった。

確かに今夜はシフトから外れている。ホストからも休暇中は職場から離れろと言われたばかりだ。

それに、こんなに気にかけていてくれたアレックスの気持ちをないがしろにしたくないと思う。

何より、自分がアレックスと一緒にいたかった。肌に触れて、抱き合いたい。

アレックスに抱き締められると、自分の気持ちがよくわかる。

――僕は、意地を張ってひとりで頑張ってたんだな……。

会いたかったくせに、自分の小さなプライドでアレックスの誘いを断ってばかりいた。本当はこうして抱き合いたかったくせに、仕事で実績を積んでから…とか、住む世界が違うのでは…とか外面ばかりにこだわっていた。

大事なことは格差を埋めることではない。格好をつけてプライドばかり気にして、気持ちを無視してしまうほうがもっと不誠実だ。

侑は身体を預け、アレックスの両肩を握り締めて自分から口づけた。

「ありがとう…」

金色の瞳が甘く細められ、侑を抱き締めたままアレックスはごろりとソファで反転した。

用意したワインはコルクも開けず、アレックスは侑の口腔を貪り、シャツをはだけさせ、ベルトを外していく。侑もアレックスのシャツのボタンを外そうとするのだが、そのたびに悪戯めいた笑みで腕を取られ、なかなか触らせてもらえない。

手首を握られて高く上げられ、ネクタイをするりと抜き取られる。中途半端(ちゅうとはんぱ)にシャツの袖に腕を通しただけの状態で半裸にされ、侑は恥ずかしさから抵抗した。

「……僕だけなんて…ずるいですよ」

「いい眺めだ…」

「聞いてるんですか…アレックス…っぁ…ぁ……」

抵抗するほど面白がって腕を高く上げられてしまい、自由にならない身体を好きなように嬲られる。ベルトを中途半端に外された状態で外側から性器を揉み込まれ、侑は心地よさと恥ずかしさに喉を反らした。

「あ…あぁっ……」

やわらかく握られ、焦らすように撫でられる。そのたびに腰が震えてガクガクするが、どんどん手首を高く上げられてしまうので、もはやソファの上で膝立ちになっている。

「…やだ…アレックス……離して…んっ…は…ぁ」

涙目のまま訴えるが、それは余計アレックスを刺激するだけだったらしい。官能的な視線がより艶を帯び、性器をいじっていた手はスラックスの中に忍び込んで臀部に回った。面白がって見ていた視線が近づいたかと思うと胸元に顔を寄せられ、じっと見上げられたまま舌先で胸粒を突いて刺激してくる。

「は…ぁ、あ、あ…っ…」

自由になるほうの手でアレックスの頭を剥がそうと掴んだが、びくともしない。むしろもっと押し付けられてきつく吸われ、歯先で甘噛みされ、刺激が強くなるだけだ。

「や、ぁあ…やめて、は、は…ぁ…ふっ…ぁ」

声を上げるたびに嬲る舌が淫猥になっていく。抑えたいが、アレックスは的確に反応のよい場所を狙ってくるので、腰が震えて耐えきれないのだ。

「アレックス…助けて…ほんとに……出ちゃうから……あ、ぁ」

ビクビクと揺れる半身を押さえようと手を伸ばしたが、そこも先回りされる。

「早いな。もうちょっと耐えろ」

「…自分で、煽っておいて……」

顔をしかめて文句を言うと、アレックスはようやく手を下ろしてくれたが、代わりに膝裏を掬うようにして侑を抱き上げた。

「わっ」

「ソファは狭過ぎる」

世に言う〝お姫様抱き〟が気恥ずかしかったが、ここは抵抗したところでやめてくれないのはアレックスの私邸で実証済みなので黙った。

けれど気になって仕方がない窓のことを頼む。

「アレックス、カーテンだけ閉めさせて」

「そんなものはない」

「嘘でしょ」

——丸見えなんて、絶対やだ…。

ジタバタすると、アレックスが笑いながらシルクのシーツが敷かれたベッドに下ろしてくれる。ベッドサイドにあるリモコンを取ってボタンを押すと、高い天井からスクリーンが下りた。

「……なんだ、あるんじゃないですか」

「カーテンじゃないな」

「……屁理屈なんだから」

「何か言ったか？」

「…」

言い返されたくない時だけは日本語で言う。日本語ができないアレックスはしつこく何を言ったのか聞いてくるが、これを教えないのが侑の唯一の反撃だ。

だが、今日は聞いてこない。クスリと笑われると、ほとんど裸の状態でベッドの真ん中に置かれ、アレックスにじりじりと押し倒されていく。

「言いたくないならいい。自分から言いたくなるようにしてやる」

「わ……」

両手をシーツに張り付けるようにして押さえられ、覆いかぶさられた。脚の間に膝で割り込まれ、腿(もも)で擦(こす)り上げるように刺激されながら、絶頂にさしかかった場所を自分では触れないようにされる。

「は…っ」

舌先はさっきよりもっと焦らして、胸粒の周りをゆるゆると刺激する。触れそうで触れない程度まで近づき、わずかに先端で嬲るとまた近くて遠い場所が愛撫(あいぶ)された。強い刺激の後で、もどかしい感触が耐えられない。下腹部も、アレックスの太腿が絶妙な感覚でわずかに先端に触れるだけで、ズクズクと疼(うず)く場所はダイレクトな刺激を求めて悶えるばかりだ。

「…ん……」

耐えきれなくて胸を反らせるが、その分アレックスの舌は微妙に退いて逃げる。じわじわと甘苦しく愛撫を求めて身体が疼く。そのうちふっと顔が離れていく気配がして、眼を開けるとアレックスの顔がすぐ目の前にあった。

どうした、と悪戯めいた顔をして笑っている。侑は早々に降参した。

「ごめんなさい……さっきのは謝る」

「早いな…」

「だって……」

こんなのは耐えられない…と涙目を瞬かせると、アレックスが耳元に唇を寄せてきた。

「もうちょっと俺が耐えた飢えを味わえ」

「あ、アレックス……」

「何カ月我慢したと思っている」

言うと同時にくちゅ、と舌先を耳孔にねじ込まれ、侑は刺激に身体を仰け反らせた。

「は…ぁ…っ、ご、ごめんなさ、い……ん、ふ…っぁ」

耳介を舐められ、吐息と熱がゾクゾクと背中に伝わる。侑が身をくねらせて悶えると、それを逃がさないようにシーツの間に腕が差し込まれ、身体ごと抱えられた。

「お前は、俺を愛していないのかと悩んだくらいだ」

「…アレックス……」

息を乱しながら振り返ると、アレックスと視線が絡む。

「お前は断れなくて、俺に引き摺られているだけなのかと迷った」

侑は向き合って首を振った。

「そんな……あの、僕のほうこそ……」

私邸に滞在中、分不相応なほど大事にされた。けれどその理由の半分くらいは謝罪にあったのではないかという気がしていた。

「もしかして…大事にしてくれたのは罪悪感からじゃないのかなって、ちょっと、気になっていて…」

なかなか口に出せなかった。ただ毎日優しくされて、こんな風にお互いの気持ちをぶつけ合うことはなかった気がする。

「僕は平凡で、庶民で…見た目だって普通で…これのどこがいいのかわからなくて」

せめて、仕事くらいは実績を上げてなんとかしたいと思ったのはそんなコンプレックスからだ。自分にはアレックスのような美貌も才覚も社会的な力もない。だが、返ってきた答えは意外だった。

「…その価値は恋愛には意味がない」

「え…？」

「美醜は好みだ。順位を付けて選ぶものじゃない。非凡さを好むかどうかも、嗜好の問題だな。俺は奇抜な男が好きというわけじゃない」

「……」

「たまたま、愛した相手がお前だったというだけだ」

「アレックス……」

「お前は俺の見た目を好んだのか？」

「え、いえ…」

魅了されたことは確かだが、一番心惹かれたのは、アレックスの人となりだ。彼がただ美しいだけの権力者だったら、きっとこんなに好きにはならなかっただろう。

――そうか、おんなじことか……。

答えは簡単なのに、何故か立場や地位を考えに入れて、ややこしくしてしまう。侑は熱で疼いた身体のままアレックスのほうへと身を寄せた。

「ごめんなさい…本当に、僕が、意地を張っていただけなんです」

「侑……」

唇を求めて顔を傾け合う。舌を絡ませ、擦り合い、存分に味わう間、お互いにシャツを脱がし合った。

上がった息のまま唇を離し、ベルトを外し合うと後はアレックスのほうが手早く侑を脱がせてしまい、ベッドに押し倒した。シャツより丁寧にスラックスが床に置かれ、アレックスが器用に下着を一緒に脱いでしまいながら面白そうに言う。

「お前は、自分の魅力をわかっていないないな」

「…？」

「お前の顔はエロいんだ」

「な……」

起き上がろうとすると肩で押さえられて上にのしかかられてしまう。

「セックスなんか知りません…という顔をしてるくせに、感じ出すと反応がたまらなくエロい」

「そ…」

そんなことはない、と反論する唇は途中で塞がれた。

「嘘かどうか、見ててみろ」

「…ぁ…っ」

起き上がり、脚の間に座ったアレックスが侑の腰を両手で持って引き寄せた。ゆっくりとではあるが、ズッと奥まで深く挿れられ、胃のほうまで来る衝撃に喘ぐ。アレックスが気遣って唇を啄むように顔を近づけた。

「大丈夫か？」

こくりと頷くとゆっくりと浅く引き抜かれ、ギリギリのところでまた深く穿たれる。じわじわと腰全体に来る快感に、ほどなく侑も悶え始め、呼吸が荒くなった。

「は…は、ぁっ、ぁ、ぁっ、あ…」

頬が燃えるように熱く、腹の奥がじわんと甘く疼いて、じっとしていられなかった。

顔をシーツに擦りつけるように身を捩らせて逃げていると、上から同じように荒い息を吐いたアレックスが笑う。

「そういう顔をするから、こっちが耐えられなくなるんだ」

顔を背けたまま横目でちらりと見ると、眼を眇めたアレックスが、勢いを強めた。

「そ…んな、ことアッ、あ、あ、あ…あぁっ」

腰を持つ手で強く引き寄せられ、より深く、より激しく内を穿たれる。吐精よりずっと熱い衝動に、侑の言い訳は途中で途絶えた。

「は、ああっ、あ、や…は、あ、あんんっ」

喜悦に潤んだ涙が眦を濡らす。突き抜ける快楽に身体がしなったが、何度達してもアレックスの抽挿は止まなかった。

「や、アレックス……も、う……」

腕を伸ばして頼んでも、熱っぽい身体で抱き締められるだけだ。

「もうちょっと味わいたい」

頼み込むように鎖骨やうなじに舌が這う。侑はその生々しい粘膜の感触に甘く声を上げた。

「…ぁ、あ…っ」

――アレックス……。

激しく獰猛に求めてくる手に、溺れてしまう。

何度も貫かれてはその刺激に自分も精を吐き、侑は我を忘れたままアレックスと抱き合い、泥のような眠りについた。

◆◆◆

「…ん」

――眩しい…。

だるい腕を上げ、目元を庇って目を開けるともう朝になっていた。アレックスはシャツを羽織り、パンツに素足の姿で窓際にいて、煙草を吸っていた。リビングの壁全面にある窓は、アレックスのいる場所だけスクリーンが上げられているが、他は足元まで下りていて、アレックスの姿だけが眩しく朝陽に光って見える。

アレックスは侑が目を眇めたことに気付くと、スクリーンを半分下ろした。

「大丈夫ですよ。もう起きたし…」

そう言って起き上がり、ベッドから下りようとしたが、その前にアレックスが近づいてきて、バスタオルを肩にかけてくれる。

「シャワールームはあっちだ。歩けるか」

気遣わし気な顔をしているので、侑は思わず笑みを作る。

「大丈夫です」

本当は脚がガクガクしているのだが、気を付けて平気なように振る舞う。そうでないと、おそらくバスルームまでまた抱っこされて連れて行かれてしまうのだ。

――本当に、無茶するわりには心配してくれるんだよね…。

ならば最初から加減してくれればいいのに…と思うが、そこがアレックスの猛獣なところで、人よりかなり盛大な精力は、治まるまでが大変なのだ。本能のままに求めて、後から冷静になって身体を気遣ってくれる。悪気はないから、責められない。

シャツを拾い、床に置かれたスラックスを持ち上げた時に、スマホの電源が落ちていることに気付いた。

――切った覚えはないのに…。

いくら非番でも緊急時に連絡がつかないのは論外だ。慌てて電源を入れると、枝川からも、公式アドレスからも連絡が入っていた。

サッと身体から血の気が引く。

――何かあったんだ……。

残されたメッセージを再生する。枝川の声だ。

『先輩、緊急配備令が出ました。テロ犯が乗った機体が空港に入るそうです。武装隊が出動します。ゲートチェックはいったん全員宿舎待機だって言われたんですが、俺、現場に出させてもらうつもりです。先輩どうしますか』

連絡ください、とだけ残されている。公式アカウントからのメールも『武装隊以外は全員宿舎待機』だ。文面を読みながら心臓がバクバクし始めた。

——テロ…？　枝川は…？

耳鳴りがしそうなほど激しく心臓が鳴る。何故こんな大事な時に電源が…と思って昨夜のことを思い出し、侑はアレックスのほうを見た。彼はずっと黙って侑を見ている。

「……電源を、切ったのは貴方ですか」

脱がされた時、スラックスだけ何故か少し丁寧に床に置いていた気がする。もしスマホに触ったとしたらその時だけだ。

彼はロックの数字を知っている。何度か彼の前でロックを解除したから、多分覚えているはずだ。

黙って見つめると、彼は否定しなかった。

「……どうして」

「……」

「緊急連絡があると、わかっていたんですか…？　だから…」

武装部隊の所属は米軍だがそれは名目上で、実際には軍事会社から派遣されている傭兵(ようへい)たちだ。ロイド社の、アレックスの息がかかっている。

アレックスがビジネスライクな視線を返してきた。

「どのみち非武装部隊は出番がない。それに、お前は非番だったんだ。何も支障はない」

「そういう問題じゃないでしょう！」

――どうして…！

憤って叫んだ。非番かどうかではない。こんな大事な時に自分が恋人との逢瀬に溺れていたのかと思うと、申し訳なさでいたたまれなかった。

どうしてこんな大事な時に、どうしてスクランブルがあるとわかっていて泊めたのか…言葉がまとまらないままグッとこぶしを握り締め、どうにかそれ以上の非難の言葉を呑み込んだ。

――誰かを責めてる場合じゃない。それより、現場に行かなきゃ…。

枝川の安否を確認しなければならない。侑は奥歯を噛み締めて手早く服を着直した。シャワーなど浴びている余裕はない。

「……」

その間もアレックスは何も言わなかった。侑も、敢えてアレックスを見ない。ネクタイを不格好に締め終わると、アレックスから顔を逸らして頭を下げた。

「失礼します……」

廊下を走って重い玄関ドアを開け、連れてこられた方向とは逆側のメインエレベーターに向かう。ボタンを押しても反応しなくて焦ったが、コンシェルジュカウンターの男性に自分はビジターで帰りたいのだと説明するとグランドフロアまで降ろしてくれた。

高速で下がっていく大理石張りのエレベーターに乗りながら、侑は憤った心の中を懸命に整理した。

――彼は、きっとテロ犯が入国することを知っていたんだ。

だからこそ無理やり怪我人という名目を作ってまで自分の手元に置いたのだろう。電源を切ったのも、現場に行かせないためだ。

心配してくれたのはわかる。実力がないくせに情で判断してしまう自分は危険処理に向かない。

——どうせ無茶をするんだろうって、アレックスはそう思ったんだ。

だから庇ってくれた。ありがたいとは思う。でも納得はできない。そしてもっと納得できないのは自分自身だ。

緊急事態が起きている間に恋人にうつつを抜かしていた…そんな自分の甘さが何より許せない。

——アレックスのせいじゃない。自分が悪いんだ…。

危機管理ができていなかった。通信機器は、常に手元から離してはいけなかった…自分のミスを振り返り、侑は己の非に心に棘が刺さったように痛かったが、深く息を吸い込んだ。

——今、落ち込んで自滅しちゃ駄目だ。やるべきことをちゃんと整理しろ。

エレベーターがグランドフロアに着き、侑はコンシェルジュに礼を言ってビルを出た。スマホに入った履歴を確認し、枝川に電話をかける。

——無事でいてくれ……。

数コールで枝川の声がした。いつもより明るい声だ。

『先輩？　よかった、連絡がなくて心配しましたよ』

「枝川…」

——よかった…無事だったんだ……。

思わず足が止まって、ほっと気が緩んで声が震える。

『先輩？』

「…よかった。怪我はない？」

『それが…足をやっちゃって、今病院なんです』

「どこ？　すぐ行くから」

侑はタクシーに乗り、急いで市内の病院に向かった。

◆◆◆

市内にある私立病院は、負傷者でごった返していた。

病院の規模は中程度だが、軽度の怪我をした観光客が運び込まれており、廊下や椅子のあるロビーには人が溢れている。侑は人ごみを掻き分け、スマホを片手に枝川を捜した。

「先輩ー！　ここです！」

「枝川！」

思わず走る。枝川は片方の足がスリッパで、松葉杖を一本使っていた。

息を切らして近づくと、枝川は心配させないためか、うれしそうに笑う。

「見てくださいよ、空港客を庇ったんです。名誉の負傷だなあ」

「…枝川……」

明るく言う声に救われて、侑は両腿に手を突いてがっくりとうなだれて息を整えた。

「……命に別状がなくて、何よりだよ…」

テロ犯と闘ったというわけではなく、封鎖したゲート内で爆発があり、逃げ遅れた空港客を庇って避難させる時にガラスの破片を踏んだのだと言う。全治三週間程度と診断されたと言われた。

「ちょっと怪我の理由が情けないですけどね。吹き飛ぶ瞬間には居合わせましたから、これで俺も爆発経験者です」

「…なんだよ、そんなの自慢にもならない」

「重要なんですよ～」

枝川は笑いに紛らわせてくれているが、侑は本当に枝川が爆発に巻き込まれなかったことに感謝した。後輩を任されていたのに、一番危険な状態の時にひとりにさせたのは、痛恨のミスだ。

「すごかったですよ。事前にアライバルゲートを武装隊が封鎖したんで、人は遠ざけておけましたけど、空港は派手にやられましたから」

フェルティィネ輸送犯の乗った便がドバイ空港に着陸するという連絡を受け、対策本部はすぐに着陸機体を一番影響の少ないターミナルへと誘導したらしい。予め(あらかじ)ターミナルを封鎖し、乗客が全て降りたところで輸送犯を捕獲・容器回収をする予定だったが銃撃戦となり、さらに相手が自爆したため、ターミナルに被害が出たのだと枝川が説明してくれた。

「どうなるんでしょうね。この後」

「そうだね…」

フェルティィネは全て回収できたのか…バイオテロを企(くわだ)てた組織は制圧できたのか。まだわからないことだらけだ。

「とにかく、宿舎に戻ろう。まだ待機命令が解除されてないだろ」

「そうですね」

「肩、摑まれよ。歩きにくいだろ」

何故杖一本しか貸してくれないんだろうね、と言いながら侑は枝川に肩を貸した。右足が無事だったから、杖に寄りかかれば歩ける気もするのだが、実際にやってみると意外とバランスが取りにくいようだ。

「タクシーに乗ろう。ちゃんと肩摑めよ」

「そうですね、あ、すいません」

枝川に合わせて、足元を見ながらゆっくり歩いていると、ふいに枝川の足が止まった。

「あ…アレックスさんだ」

「え…？」

侑が顔を上げると、確かに数メートル先にアレックスがいる。枝川は日本で会った後に調べたらしく、ロイド社の人ですよね、と耳打ちしてきた。

シルバーの涼し気なスーツに深いネイビーブルーのネクタイ姿で、真っ直ぐ侑を見ている。

侑はわだかまる気持ちを整理しきれず、黙って目を伏せ、無視して通り過ぎようとした。すると、アレックスが話し始めた。

「〝フェルティネ〟は全回収が完了した」

侑より枝川のほうがその言葉に反応する。

「本当ですかっ…」

アレックスは鋭い視線を崩さず、静かに侑を見て言葉を続けた。その様子は、初めて会った頃の冷ややかな気配そのものだ。

「任務は終了だ」

黙って見返すと、軽く睨み合いになってしまう。侑は、アレックスがわざわざ教えに来てくれたことにも、素直になれなかった。〝だから、お前が現場に出なくてもなんの問題もなかっただろう〟と追加で言い訳をされているような気持ちになるのだ。

――そんなのわかってる。

自分がいてもいなくても、この作戦にはなんの影響も出ない。そんなことは承知している。けれど、悔しさを消すことができない。

水際で止められず、殺人ウイルスがばら撒かれる…そんな最悪の事態にならなくて済んだことは、よかったと言うべきだろう。それでも手放しで喜べない。

一番大事な時に、何もできなかった。ウイルス奪還も、犯人捕縛も、全部自分の手の届かない場所で遂行されたことだ。そして唯一、自分にできたはずの「空港を守る」任務も、果たすことはできなかった。ドバイ空港は一部とはいえ被害を受け、利用客の中に負傷者が出ている。

――何もできなかった……。

ウイルスが回収され、事件が終息しつつあるのに、自分は無力さを噛み締めるだけだ…それが悔しい。

どこにも気持ちの持って行き場がなくて、侑はすっと視線を下げ、アレックスの横を無言のまま通り過ぎた。隣では枝川が不思議そうな顔をしているが、説明することもできない。

アレックスは追いかけて来なかった。侑はただ黙って枝川に肩を貸し、ベンチが並ぶ受付ロビーを通り過ぎて玄関へと向かいながら、無意識に視線をめぐらせていた。

一般患者と分けられて、空港で怪我をした人々が一箇所に集められている。トリアージ用のタグが腕に巻かれ、治療の優先順位が色でわかるようにされているからすぐ見分けがついた。人数としては二十人くらいだろうか、爆発事故としては軽傷で済んでいるな、と思いながら、心の中で何かが引っかかる。

——事前封鎖をして、利用客を遠ざけたはずなのに、どうして二桁の負傷者がいるんだろう。

予想外の自爆があったと枝川は言っていた。一緒に同じ機体で来た客が巻き込まれたのだとしても軽傷者の数が多い。軽傷がこれだけなら、死者はどのくらい出たのだろう。

「…枝川、これ、死者はどのくらい出たんだ？」

「あ、そうですね。はっきり数は聞いてませんけど、でも、封鎖ゲートにいた乗客は多分、全滅だと思います」

——全滅…？

枝川は非武装なので、ゲートのそばには行かせてもらえなかったと言った。それでも爆風を感じる規模だったというのなら、相当な広さだ。テロ犯と同じゲートにいた人々が助かる見込みは低かったのかもしれない。

「……」

けれど侑は、何故そんな規模になってしまうのかと違和感を覚えた。

——アレックスは事前にこのことを知っていた。少なくとも、予想外のことではなかったはずだ。

爆発は本当に自爆の規模だったのだろうか。武装部隊の配備は、自爆を予測した配備だったのか…。

——犯人の目的は〝フェルティネ〟の搬入だったはずだ…。

自爆してしまったら意味がない。けれど、アレックスははっきりとフェルティネの回収は完了していると宣言した。

嫌な汗が額に浮いた。素早い回収完了、手際のよい武装包囲、その中での「自爆」……。

——そんな都合のいい筋書きがあるか…？

侑の足が止まる。

「先輩…？」

枝川が不審そうな顔をしたが、侑は動けなかった。

——口封じ…？　いや、もっと切実な理由だ。その場で、どうあっても殺さなければならないことと……。

「……感染…？」

——まさか…。

ぞわりとした予測に侑は目を見開いた。もし、フェルティネを運んだ人間が、なんらかの形ですでに感染していたら…？

機内は密室も同然だ。長い時間同じ空間にいる。感染者の周りにいるものたちも二次感染する危険は十分ある。フェルティネは空気感染するのだ。

——感染者が出ていて…だから、爆発を装って始末したのか？

感染を広げない方法として、非合法なことが許されるのなら、感染者の抹殺（まっさつ）はあり得る。むしろ、この不自然な〝大規模自爆〟の理由は、そのほうが納得がいった。

――けど、それで本当に完全に感染を絶てたのだろうか。

不法な処置に憤るより先に、そうまでしても完全に防げなかったのではないかという不安のほうが広がった。侑はトリアージタグを付けた人々を見回し、枝川に囁いた。

「…ここにいる人たちは、空港のどこにいた人たちなんだ？」

枝川も何かを察したのか、声を潜める。

「俺と同じ場所にいた人たちです。封鎖ゲートのすぐ近くにいて、爆発に怯えて逃げて走って怪我をした人がほとんどです」

だから軽傷なのだ、と枝川は付け加えた。

爆風で照明やガラス窓が割れて落下した。封鎖ライン付近も混乱したらしい。

――本当に、彼らは発症者に接近しなかったのか…？

罹患したテロ犯はどのくらいの時間空港で生きていたのだろう。感染者は何人だったのか、彼らの行動範囲は…本当に封鎖ゲート内だけで感染を防ぎ切れていたのだろうか。そう思うと、空港にいた全員に同じくらいのリスクがあるのではないかと思ってしまう。

――彼らに、感染確認の検査はしないんだろうか。

判定試薬はある。だが、見る限り空港対策で詰めていた医療関係者の姿はなかった。

見落としているのではないか、ここから感染が広がることはないのか、考えるほど不安に駆られた。

「……」

怪我人たちの大半は外国人だ。包帯を巻いている人もいるし、ハンカチを手に、まだパニックが治まらない人もいる。

侑はひとりひとりをカメラのようにじっと見つめた。トリアージタグの色を見、怪我の具合を見、手荷物検査をするように、数十人いる一角を目視し、ロビーの一番端のベンチに並んで座っている老人と少女のところで目が留まった。

老人は中東独特の服装をしていた。頭にカフィエをかぶり、白いガンドゥーラと呼ばれる民族衣装を着ている。少女のほうはあずき色のスカーフをぐるりと髪を隠すように巻いているが、服は少し古びたカラシ色のワンピースだった。まだ七、八歳くらいだろうか、こっくりした栗色（くりいろ）の巻き毛がスカーフから覗いていて、中東らしい彫りの深い顔立ちのきれいな少女だ。だが、大きな瞳はどこか不安そうで、侑は何かが引っかかる。引き結んだ唇…握り締める両手は膝の上で揃えられていて、時折ぎゅっとスカートを摑んだ。

「……」

テロに巻き込まれたのだし、不安な顔をするのは当然のように思えたが、それだけではない何かを感じる。少女が少しも老人を見ようとしないのも気になった。粗末（そまつ）な身なりの足元は裸足（はだし）で、顔も指もしわだらけの老人は、どこか読めない静けさで真っ直ぐ玄関ロビーを見ている。

なんだろう…そう思ってさらによく見える位置に移動しようとした時、老人は少女の背中に手をやって軽く押し出し、少女がそれに従って立った。その瞬間にかぶっているスカーフが揺れ、少女の巻き毛の間から、細い首が見える。侑は、そこにあった鮮やかなピンク色の斑紋にぎくりとした。

——溶解斑……。

アクセサリーなどではなかった。右のリンパに沿うような場所に、染みのような形ではっきりとピンク斑が現れていた。

――感染者だ……。

老人は深く暗い瞳を真っ直ぐに向け、少女の肩に手を置いてゆっくり出口へと向かっていた。少女の足は戸惑い気味だが、やや遅れつつ一緒に出口へ向かっている。侑は戦慄して彼らを見つめたまま枝川の手を肩から離し、震えを抑えて囁いた。

「ここを動かないでいてくれ」

「先輩…」

息を潜め、枝川を置いて侑は慎重に老人と少女のほうへ向かった。

本人たちは知らないのかもしれない。同じ便に乗ったか、運悪く感染者のそばで空気感染したか、いずれにしても女の子が罹患しているのは間違いなかった。

保護しなければならない。けれど、自分が突進していって触れるのは危険だ。防護服も手袋も持っていない。

――ここは病院だ。軽度の設備なら必ずあるはず。

まずは感染者を外に出さないことが大事だ。パニックを起こさないよう、自分が感染しない程度まで距離を詰めて、彼らを他者から隔離しなければならない。

――早くしないと、彼らが出て行ってしまう。

老人が自動ドアの前に立ち、扉が開く。侑は警戒しながらも急いで距離を詰めた。だが、老人はその気配に一瞬振り向くと少女の肩をがっしり抱えて速足になる。

「待ってください！」

後に続いて侑が足を速めた。そう鋭い声ではなかったはずなのに、老人は逃げるように走り出す。

「待って！　止まってください！」

白いガンドゥーラの裾が翻る。正面玄関を出て右に曲がり、老人は植え込みがある駐車場方向に向かって全速力で走り始めた。少女は脇の下から腕で抱えるようにして持ち上げられている。

「待って！」

侑が追いかけて走り、植え込みとパームツリーの並ぶ歩道に入った途端、パンパンッ、という消音された銃声が立て続けにして、老人の身体が飛ぶように跳ねた。

「――――！」

地面から浮き上がるように仰け反り、老人の身体がアスファルトに倒れる。道路側に面した植え込みには、SATとわかる装備の男たちが数人いて、全員が老人と少女に照準を当てていた。

どさりと老人が倒れ、胴を抱えられていた少女も一緒に地面に転がったが、少女は必死で立ち上がり、走り出して逃げようとする。狙撃手たちがスコープを少女に向け直しているのを確認しながら、侑は叫んで少女を追った。

「撃たないでください！」

叫ぶものの、銃撃は止まない。少女は言葉にならない悲鳴を上げながら、駐車場に向かって逃げている。

足元のアスファルトに弾丸が当たり、わずかに煙が上がる。恐怖に駆られて逃げ惑う少女を追いかけ、侑もそのまま銃弾の間を走った。

甲高い悲鳴と乾いた銃声。まるでスローモーションの中で動いているようだ。

銃弾がアスファルトに当たるたびに少女は弾かれたように左右に転げる。服に弾が擦って切れ端が吹き飛び、侑は少女を掬うようにして抱え左に転がった。

——車の陰に行けば……。

悲鳴が耳を劈くようだ。SATが腰を浮かせ、こちらを確認している。

感染者だと知られているのかもしれない。だから抹殺しようとしているのかもしれない。

——けど、ワクチンはあるんだ。

この少女を助けたい…。しっかり抱えながら必死で車両の陰に隠れようとして、あと少しという時、アレックスの強い声が響いた。

「撃つな！」

「……！」

少女を抱えたまま見上げると、目の前のアスファルトに靴が見える。制止をかける声と同時に弾がアレックスのふくらはぎのあたりを擦め、そのまま侑の頬のすぐ横を鋭い空気が斬っていった。

——アレックス…。

日差しに照らされて、両手を広げて侑たちとSATとの間に入ったアレックスの姿が見えた。

金色の髪が太陽の光を弾いて眩しい。SATを止めた後、アレックスがゆっくり振り返る。侑はその姿に、手で合図して近づくのを止めさせた。

「この子は感染しています。近づかないで、そのまま下がってください」

「侑…」

——感染者を増やしてはいけない。

自分はもう、素手で少女に触れてしまった。感染は避けられないと覚悟し、それ以上の感染者を増やさないために、冷静に指示を出す。

「空港対策部に連絡をお願いします。ワクチンを至急ここに持ってきてもらってください。それと、病院に隔離設備があるかどうかの確認をお願いできますか」

――この子と僕を隔離しないと…。

アイソレーターの装備がある病院だといいが…と侑は思う。伝染性の患者を搬送する際に使う、移送用のケースだ。

ＳＡＴはアレックスの指示を待っている。アレックスは頷いて病院のほうへ向かった。侑は、腕の中で怯えている少女に笑いかけた。

「大丈夫だよ」

少女はわかっているのかもしれない。しきりに首元に手をやっている。

「治療ができるんだ。ワクチンがあるんだよ…君は助かるんだ」

――助ける……。

望んで罹患したわけではないだろう。なんの罪もない女の子を殺さなければならない理由はないはずだ。

「大丈夫だ。すぐ、ワクチンが来るからね」

怯えた少女は、大粒の涙をこぼし続けた。

◆◆◆

少女と侑は、アクリル製のアイソレーターに別々に入れられた。両脇に三カ所丸い穴があり、黒いゴムでカバーされていて、内側は手袋の形をしている。ストレッチャーに固定でき、空気はダクトを通してフィルター越しに換気された。

ふたりは空港の対策本部から駆けつけた医師によってワクチンを注射され、これから隔離できる病院に搬送される。

周りは完全防護服を着たテロ担当者たちで囲まれていた。侑はケース越しにそれを見ながら不思議な気持ちになっていた。

——演習の時みたいだな。

感染したなんて実感がない。バイオテロ演習で罹患者の役をやっているような気分になる。だがリアリティがあるのが、防護服の担当者たちのさらに外側を、まだゲリラ組織の襲撃を警戒して、武装部隊がぐるりと銃を持って取り囲んでいることだ。

専用の車両が到着し、向こうのアイソレーターが先に動かされた。中にはケースよりずっと小さい少女が横たわって侑を見ている。

少女はもう泣いてはいなかった。看護師にもらったクマのぬいぐるみを抱き締め、ケースの中でじっとしている。侑は少女にケースの中からにっこりと笑いかけた。

——大丈夫だよ。頑張ろうね…。

小さく手を振ると、少女は躊躇いながらも真似(まね)をしてくれる。少女を落ち着かせるために、彼女のアイソレーターには女性兵士が付いていた。

ストレッチャーの足が畳まれ、格納されて救急車両の扉が閉まる。先発車を見送っていると、防護服を着た枝川が近づいてきた。足を引き摺っているので、他の兵士に腕を貸してもらっている。

「枝川…」

「先輩」

防護ヘルメットについている黒い自給式空気呼吸器からでは、声がくぐもってあまりよく聞こえない。メット越しの枝川は、泣きそうな顔をしていた。

「みんなは、大丈夫だった？」

「はい、俺も含めて全員陰性でした。病院利用客も、感染はゼロです」

対策本部医療チームは、病院ロビーにいた人間など、感染の可能性がある全員を検査した。侑は、枝川が感染していなかったことに、何よりホッとしている。

丸いグローブボックスから、防護手袋をした手が伸ばされる。侑も何重にも隔てられた手を握った。

「そんな顔するなって…」

「…先輩、俺………」

枝川が涙で声を詰まらせた。

元々、ワクチン受け渡しの時からその効果が不確かだというのを自分たちは知っている。接種の際も、同じリスク説明を受けた。けれど、これに賭けるしかないのだ。

「大丈夫だよ。接触してた時間は短い」

気休めを言ってみたが、時間の問題ではないことは、よく知っている。周囲も、うかつな励ましやただ黙って見ていた。

楽観を口に出せないのだろう。

「先に帰国してくれ…な…」

メット越しで拭えない涙がボロボロ落ちて、枝川は鼻をすすりながら頷く。これで運よくワクチンが効いたとしても、二週間は隔離だ。何より、説明映像で見たラットの姿が忘れられない。

徐々に血管が溶解して死んでいく。発症から死に至るまでは、人間だとおよそ十日程度と言われている。

帰れないかもしれない…白い防護服に囲まれながら侑は静かにそう思った。

それが自分の取った行動の代償だ。感染者だとわかっていて適切な行動を取らなかった。

――わかってる。アレックスの言う通り、僕は判断が甘いんだ。

たとえ少女が銃殺されても、自分はそれを黙って見守るべきだった…けれど、それが正しい行動だとわかっていてもやはりできない。自業自得だ、と思いながら枝川に嘆く姿を見せたくなくて、無理に笑った。

「…NBCを、頼むな」

「やめてください先輩…え、エンギ悪過ぎです…っ…」

前向きに未来を考えたい。けれど、もしかすると本当にこれで枝川と会うのは最後になるかもしれない…そう思うと、どうしても伝えたい思いが口をついた。

「いつか、海外から日本に研修に来てもらえるような、そういう組織作りをしたかった」

「……」

「今回の研修に負けないくらい、立派なNBCを作ろうな…」

「…先輩」

本当にすごいと思った。これだけの実践力と体制を日本でも展開したい。学ばせてもらったことを日本のテロ対策に役立てたい…。それができなくなるかもしれないのが心残だ。

もう一台の救急車両が到着した。声をかけられ、枝川がケースから手を引く。侑は防護服の男たちに慎重に運ばれ、車両に格納された。

バタン、と観音(かんのん)開きの扉が閉まり、車内は人工的な明かりだけになる。車が発車して顔を横に向けると、同乗者は兵士ではなくダニエルだった。

「…ダニエルさん…いつ…」

何故、と問いかけると、ダニエルがケースにそっと触れた。

「ボスは政府のほうに呼ばれていてね、戻れないから代わりに、と頼まれたんだ」

「…素手で触ったら駄目ですよ」

「アイソレーター越しだから大丈夫だよ」

駄目だと重ねて言ったが、ケースの内側からではどうすることもできない。ダニエルもなるだけケースから離れてくれたので、侑は黙った。

アレックスはワクチンを取りに行ったまま戻らなかった。政府に呼ばれていたのか、と思うと納得すると同時にほっとする。隔離が完全でない時に病院敷地内にいるのも危険なので、できれば可能な限り離れていて欲しかったのだ。

ダニエルが、アレックスに感染がなかったことと一緒に、自分の知らなかった詳細を教えてくれた。

「あの少女と老人はね、血縁関係はないそうだ」

老人はテロ組織の人間だったらしい。少女は山間部から誘拐されてきた子供で、強制的に感染させられていた。

「あの子を〝生きた爆弾〟にして、標的の場所に置いてくるつもりだったらしい」

「……そうですか」

あの時の、少女から感じた違和感が理解できた気がした。少女は見知らぬ老人に見張りに付かれ、自分が何を接種されたかわからず不安だったのだ。感染者を連れたあの老人も、自分の犠牲をいとわない聖戦だと覚悟していたのだろう。

「……接種していたということは、もう、盗まれたフェルティネは増産されていたということなんですか?」

「…うん……」

ダニエルは言葉少なく黙り、しばらくしてから説明してくれた。

「米国内で、すでに発症者が出ていたんだ」

「え……」

テロ組織は、輸送に失敗するリスクを考え、盗んだフェルティネをまず米国内で三つに分けた。その時、素人の扱いだったからだろう、分けた本人が感染したらしい。

感染者が発見され、分離したフェルティネのひとつが回収。さらに祖国を目指している輸送者を特定できたが、その男も感染が疑われた。

「疑いの段階だったけれどね、抹殺するしかない。米国が火種で、他国で大量感染が出たとなったら国際責任だ」

――やっぱり、自爆に見せかけただけだったんだな…。

だからといって、同乗者を巻き込むことが正当化されるとは思えない…侑はそう思ったが、ダニエルの表情に沈黙した。

ダニエルも犠牲者の存在をちゃんとわかっていて、今回の措置を正しいとは決して思っていないのだ。そしてそれを命じたのは、ダニエルでもアレックスでもない、きっともっと政府の中枢だろう。ダニエルを非難しても意味がない。

「空港で対象者を始末して、フェルティィネを回収し、それで我々は完全回収できたと思っていたんだ」

元のフェルティィネが三つに分けられていたと知ったのは、その後だった。三つ目のフェルティィネは陸路を行き、移動しながらすでに自爆テロ用の生贄まで用意されていた。

「輸送犯と空港で落ち合う手筈になっていたらしい。取り逃がしたことを知って、慌てて病院にＳＡＴを送ったんだけど…」

直前でアレックスが飛び出してきたのは、ダニエルが電話で報せたかららしい。

――アレックス…あの時、足を撃たれていた……。

「怪我は…どの程度なんですか」

「アレックス？　彼は大丈夫だよ」

ダニエルはそれより君のほうだね、と難しい顔をして言う。侑はケース越しにダニエルを見ながら唇を噛み締めた。

自己責任だと思う。専門職の人間として、褒められた終わり方ではない。

――もし、ワクチンが効かなかったら……。

このケースから出られないまま、人生が終わる。そう思うと急にこれまでの人生の記憶がたくさん甦ってくる。

亡くなった母…父とふたりで暮らした子供時代…祖母の家、めまぐるしく記憶が流れて、侑はふいに涙ぐみそうになった。人間は、死ぬ時に走馬灯のように人生を振り返るという。

——もしかすると、これって死ぬ前兆なのかな…。

これきりアレックスには会えないのかもしれない。今朝の喧嘩もそのままだろうか、そう思うとなんてことをしたんだろうと落ち込む。

——アレックスは、庇ってくれただけじゃないか…。

自分が緊急事態に駆け付けられなかったことを、アレックスに当たり散らしただけだ。彼の言う通り、現場に自分がいてもいなくても支障はなかった。

——むしろ、予想通りじゃないか。余計なことをして感染するなんて…。

枝川と握手をした時のように、もう誰とも手袋越しにしか触れられない。そして自分が死んだら、永遠に会えなくなる。

——アレックス………。

目頭が熱くなって、侑はダニエルから顔を背けて泣くまいとこらえた。

——泣くな。まだウイルスに負けたと決まったわけじゃない。

助かる可能性はゼロではない。侑は自分に言い聞かせ、込み上げる嗚咽を堪えて大きく息を吸う。

心配そうに声をかけてくるダニエルに、涙目で振り向いて笑った。

「…大丈夫です。ちょっと、武者震いです」

「侑君……」

「…ワクチン頼りじゃ駄目ですからね。僕自身も頑張らないと」

——絶対、生き残ってみせる。

ワクチンの可能性と、自分の生きる力に賭けてみよう…侑は腹をくって力強くダニエルを見上げた。

「頑張るからって、アレックスに伝えてください」

ダニエルは見守るような優しい笑みを返してくれた。

◆◆◆

救急車両は思ったより長く走り、やがて停車して侑はケースに入れられたままストレッチャーで運ばれた。周りの景色があまり見えないままエレベーターに乗せられたが、なんだか既視感(きしかん)がある。

——まさか、ね…。

念のためにアイソレーターの中で摺り上がってエレベーターボタンを見てみたが、さすがに三桁の表示はなかった。ただ、病院にしては随分きれいなエレベーターだというだけだ。

それでも、やけに高層階な気がするのは不思議と言えば不思議だ。

しかし、エレベーターが開くと、さすがにあまりの豪華絢爛(けんらん)さにアイソレーターの中で起き上がりかけてしまう。

――なんだ…ここ…？

金色の格子天井、床も壁も豪華に彩られていて、柱には金色のアラベスク模様の装飾が施されている。正面にはどこの宮殿かと思うような両翼を持った階段があり、白大理石の階段部分には美しい臙脂の絨毯が敷かれている。

「あ…の…ダニエルさん…？」

また何か、特別な医療設備でも用意されているのかとダニエルを見たが、ダニエルはストレッチャーを運ぶ医療スタッフのさらに前を歩いていて、声が届かない。

誰もいない、だだっ広い廊下にストレッチャーの車輪の音だけが響く。やがて扉が開けられ、部屋だと思われる場所に着くと、ダニエルが声を上げた。

「ああよかった。ボスも間に合ったんですね」

――アレックス？

思わず声のしたほうを見ようとすると、ダニエルが振り返って近づき、アイソレーターのカバーを開けてしまった。

「はい、頼まれたお届け物ですよ」

「…！」

――な…なんてことを！

呼吸をばら撒くわけにはいかないので、侑は息を止めて必死でダニエルからケースのカバーをひったくろうとした。けれどダニエルはにっこり笑っている。

「大丈夫だよ。君の結果は陰性だったから」

「な……」

止めていた息がさらに引っ込んだ。驚きで言葉が詰まる。

「…っ……だっ、だってっ……ワクチンをっ…」

「ああ、念のため…ね」

――なんだってっ!!

「誰も陽性感染なんて言わなかったでしょ？」

ストレッチャーから手を添えて降ろしてくれながら、ロイド・ブレーンの中で最強と言われる男は茶目っ気たっぷりにウインクした。

「まあ、ワクチンの効果がはっきりするまで通常二週間だからね。帰国はその後でも大丈夫でしょ」

「な…だ………っ」

「君だって言ってたじゃない。この研修の後って、代休がもらえるんでしょ？」

「そ、そういう問題じゃ…っ」

怒っているのか驚いているのか、自分でもわからない。しれっとしているダニエルの前で、口をパクパクさせているだけだ。

防護服を着た医療関係者も、マスクを取ると米軍の兵士だとわかる。最初からロイド関係者で固められていたのだ。

「じゃ、そういうことで」

「ダニエルさんっ！」

空のストレッチャーとともに去りながら、ダニエルはにこっと笑って手を振った。

「あ、アレックスの怪我は本物だからね。いたわってあげて…」

「あ、ちょっと、待って……」

ばたん、と扉が閉まって、侑は毒気を抜かれてその場に呆然と立ち尽くした。

…………。

——————とにかく…フェルティネには感染してないってことだよね。

思考停止寸前だ。何がなんだかわからない。

どっと肩の力が抜けていく。

「……じゃあ、僕の覚悟はなんだったんだ…?」

二度と職場に戻れないかもしれないと思った。自分の理想を、後輩に涙ながらに伝えた自分は…?

感染していなかったことに感謝するより先に、呆然として言葉が出なかった。

「侑…」

「あ…アレックス……」

ハッとなって振り向くと、アレックスは豪華なリビングで、ソファに寄りかかるようにして立っている。脚を怪我していることを思い出し、慌てて走り寄った。

「大丈夫?」

身体を支えるようにして腕を摑むと、アレックスがクスリと笑う。

「たいした怪我じゃない」

「でも…」

銃弾が擦めていった。貫通でなくとも痛いだろうと思う。心配で足元を見ると、肩に手を回された。

「だが杖代わりが欲しいな」

「うん…」

アレックスの逞しい腕を引っ張り、支えながら侑はソファに移動する。アレックスは最初の一歩だけ体重をかけたが、後は逆に侑の肩を抱え込んで一緒に座らせてしまった。

「わ…」

アレックスの腕に抱え込まれ、顔を上げると軽くキスされる。

「嘘だ……ちょっとお前の後輩の真似をしただけだ」

「え…」

見上げると面白そうな顔をしたアレックスと目が合う。

「足を怪我してちょうどよかった…」

「…何言ってんですか。心配したのに」

口では怒ってみたものの、侑も笑いながらその胸に甘える。

ついさっきまで、もう二度と触れられないかもしれないと思ったぬくもりを感じられるのは、この上なく幸せだ。高い体温を感じながら、侑は胸の中で素直に詫びた。

「今朝は、本当にすみませんでした」

「侑…」

「仲直りしに来てくれたのに…無視したし」

大人げない態度を取ったと思う。さらに、そんなつもりではなかったが、アレックスは侑を庇って怪我をしたのだ。もし傷口が原因でフェルティネに感染していたらと思うと、自分のことよりぞっとする。

庇ってSATの前に立ちはだかってくれた姿が目に焼き付いていた。何度でも抱き締めたくなるほどうれしい。

「守ってくれて、ありがとう……」

アレックスの胴に回した腕の力をぎゅっと強める。すると、アレックスがくしゃくしゃと髪を掻き混ぜた。

「俺もお前に謝らなければならない」

促されるままに顔を上げると、アレックスの金色の瞳が深く煌めいていた。

「俺は勘違いしていた…」

「……？」

「俺は、お前のことを守ってやらなければとばかり思っていた」

危ないことから遠ざけ、安全を確保してやることが愛情だと思っていた、とアレックスは言った。

「それがお前のプライドを踏みにじっているとは考えていなかった」

「アレックス…」

「お前はプロだ。危険があっても、現場に赴く責任がある」

――アレックス……。

「お前を保護下に置いておきたいと思うのは俺の傲慢だった。認識を改める」

悪かったと謝罪されて、侑は思わず笑みを浮かべてアレックスの頬に口づけた。

本当は、アレックスが思うように危なっかしくてフォローせざるを得ないような実力なのだと思う。

けれど、半人前でも、未熟でも、専門職としての矜持(きょうじ)に敬意を表してもらったことがうれしい。

「いつか安心して見ていてもらえるように、頑張りますね」

きっとまだまだ道のりは遠い。けれど、今度は焦らないで努力していこうと思う。

アレックスと肩を並べるのは、ゴールではなく一緒に生きていく過程なのだから。

釣り合うかどうかではなく、杖のように小さな力だとしても、寄り添って支えていける存在になりたい。

「頑張るのはけっこうだが、休暇は休暇で休んでくれ。しばらくはいられるんだろう？」

「ホストの人にもそう言われました。大丈夫ですよ、しっかり二週間休ませてもらいます」

アレックスが笑う。その笑みを独占できることがうれしい。

「それはよかった…ではここに逗留だな」

さっそくその場に押し倒されてしまうが、これはもう仕方がないと観念して侑は苦笑する。

豪華な部屋で、どうやら寝室までは相当遠そうだ。

「ところで、ここはどこなんです？　僕、いつも業務用エレベーターからばかりなんで、さっぱりわからなくて……」

「ブルジュ・アル・アラブだ」

「あ…」

――どうりで豪華なはず……。

人工島に帆(ほ)のように美しい流線を描いた白いホテルを思い出し、侑はきょろきょろとあたりを見回した。確かに、アラブの王様の宮殿のようだ。

押し倒されたまま物珍しくて調度品に目をやっていたら、アレックスが笑って鼻先をチョンと突く。

「空港以外、どこも行っていないんだろう。せっかくだから観光も楽しめばいい」

「そうですね…」

一緒に行ってくれるのだろう。

きっと心から楽しめるバカンスになる。

侑も笑って手を伸ばし、アレックスの頭を抱いてキスをした。

あとがき

お読みいただいてありがとうございます。

このお話、元は２００７年に小説リンクスで掲載していただいた「フライトゲージ」という作品です。まさか今になって書籍にしていただけるとは思っておらず、びっくりです。発掘してくださった担当様、本当にありがとうございました。

その当時ちょうど作中に出てくるＡｉｒのように、見えない（見えにくい）素材がニュースになっておりました。あれから８年近く経って、まだネタとして使えるのですから、技術革新とは難しい道のりなんですね。けれど、正直「まだ使えてよかった」とホッとしましたが（笑）。

このお話は受賞作後初めての掲載で、今回の新書化にあたって当時のゲラを読み直したのですが、めまいがしそうでした（苦）。そんなに進歩できていないとは思いますが、それでもあの当時に比べたらマシになったのかなと思います。お恥ずかしい限りです。

でも、掲載時はそれなりに自分で盛り上がっていて、続編とか勝手に考えていたんですよね。残念ながら当時のパソコンがクラッシュしており、バックアップがないので何をどうしたかったのかすら覚えていないんですが（笑）ダニエルがお気に入りでした。何か残しておければよかったなあ。

ＮＢＣテロ対策は、いろんな省庁がそれぞれに持っているので、化学防護服を着て演習しているイメージが強いですが、侑（ゆう）の所属するところは、中でも最も全容がわからない部署なので、そこが面白そうで使わせていただきました。

あ、それと作中ではアレックスの勢いに押されて辿りつけませんでしたが、「ブルジュ・アル・アラブ」のロイヤルスイートのベッドは、天蓋が紫と金なんですけど、何故かその内側の天井が鏡張りという…（昔のラブホみたいですね）アラブの王様が鏡張りのベッドで…わお（爆笑）。いつか、ベッドルームまで辿りつけるほど彼らが落ち着いたら、連れていってやりたいものです。

最後に、軍事ものとかスパイものは好きなのですがなかなか新書で書く機会がなかったので、とても楽しくやらせていただきました。ありがとうございます。それと、今回お忙しい中カッコいいイラストを描いてくださった亜樹良（あきら）のりかず先生、ありがとうございました！

また他のお話でもお目にかかれることを祈って。

深月（みつき）拝

初出

華麗なる略奪者	2007年リンクス4月号「フライトゲージ」を加筆修正の上改題
トラスト・ミッション	書き下ろし

背守の契誓

せもりのけんせい

深月ハルカ

イラスト：笹生コーイチ

本体価格855円+税

背守として小野家当主に仕え、人智を超える力を持つ清楚な美貌の由良。主が急死し、次の当主である貴志の背守に力を移すため殉死する運命だった由良は、貴志に身を穢されてしまう。貴志に恐れを抱く由良だが、共に生活するうちに、身を穢したのは背守の力を失わせ自分の命を救うためだったと知る。不器用だが貴志の優しさに触れ、惹かれ始める由良。しかし、背守の力は失われていなかった。貴志の背守にはなれないため、由良は死ぬ覚悟を決めるが…。

リンクスロマンス大好評発売中

神の孵る日

かみのかえるひ

深月ハルカ

イラスト：佐々木久美子

本体価格855円+税

研究一筋で恋愛オンチの大学准教授・鏑矢敦は、調査のため赴いた山で伝説の神様が祀られている祠を発見する。だが不注意からその祠を壊し、千年のあいだ眠るはずだった神が途中で目覚めてしまう。珀晶と名乗るその神はまだ幼く、まるで子供のようで、鏑矢は暫く一緒に暮らすことになる。最初は無邪気に懐いてくる珀晶を可愛く思うだけの鏑矢だったが、珀晶が瞬く間に美しく成長していくにつれ、いつしか惹かれてしまい…。

密約の鎖

みつやくのくさり

深月ハルカ

イラスト：高宮 東

本体価格855 円+税

東京地検特捜部に所属する内藤悠斗は、ある密告により高級会員制クラブ『LOTUS』に潜入捜査を試みる。だがオーナーである河野仁に早々に正体を見破られ、店の情報をリークした人物を探るため、内偵をさせられることになってしまった。従業員を装い働くうちに、悠斗は華やかな店の裏側にある様々な顔を知り、戸惑いを覚える。さらに、本来なら生きる世界が違うはずの河野に惹かれてしまった悠斗は…。

リンクスロマンス大好評発売中

人魚ひめ

にんぎょひめ

深月ハルカ

イラスト：青井 秋

本体価格855 円+税

一族唯一のメスとして大事に育てられてきた人魚のミルの悩みは、成長してもメスの特徴が出ないことだった。心配に思っていたところ、ミルはメスではなくオスだったと判明。このままでは一族が絶滅してしまうことに責任を感じたミルは、自らの身を犠牲にして人魚を増やす決意をし、そのために人間界へと旅立つ。だが、そこで出会った煕顕という人間の男と惹かれ合い「海を捨てられないか」と言われたミルは、人魚の世界煕顕との恋心の間で揺れ動き…。

娼館のウサギ

しょうかんのうさぎ

妃川 螢

イラスト：高峰 顕

本体価格870 円+税

借金のかたとして男娼になるべく幼少時に引き取られた卯佐美尚史。しかし母親から受けた虐待が原因で接触恐怖症の症状を持つため、男娼としての仕事が出来ず、現在は支配人として娼館を取り仕切っている。一緒に娼館に引き取られた同じ施設出身の幼なじみ・葉山勇毅にだけは接触が可能だが、自分がやるべき本来の仕事をすべて勇毅に肩代わりしてもらっていることを心苦しく思っている。そんな中、娼館のオーナーが亡くなり、新しいオーナーがやってくることになる。以前よりもより運営に深くかかわるようになった卯佐美は、勇毅の借金は、もはや自分の肩代わり分だけだと知り…。

リンクスロマンス大好評発売中

フィフティ

水壬楓子

イラスト：佐々木久美子

本体価格870円+税

人材派遣会社「エスコート」のオーナーの榎本。恋人で政治家の門真から、具合の思わしくない、榎本の父親に会って欲しいと連絡が入る。かつて、門真とはひと月に一度、五日の日に会う契約をかわしていたが、恋人となった今、忙しさから連絡を滞らせていたくせに、そんな連絡はよこすのかと榎本は苛立ちを募らせる。そんな中、門真の秘書である守田から、門真のために別れろとせまられ…。オールキャストの特別総集編も同時収録!!

月下の誓い

げっかのちかい

向梶あうん

イラスト：日野ガラス

本体価格870円+税

幼い頃から奴隷として働かされてきたシャオは、ある日、主人に暴力を振るわれているところを偶然通りかかった男に助けられる。赤い瞳と白い髪を持つ男はキヴィルナズと名乗り、シャオを買うと言い出した。その容貌のせいで周りから化け物と恐れられていたキヴィルナズだが、シャオは献身的な看病を受け、生まれて初めて人に優しくされる喜びを覚える。穏やかな暮らしのなか、なぜ自分を助けてくれたのかと問うシャオにキヴィルナズはどこか愛しいものを見るような視線を向けてきて…。

リンクスロマンス大好評発売中

追憶の果て　密約の罠

ついおくのはてみつやくのわな

星野 伶

イラスト：小山田あみ

本体価格870円+税

元刑事の上杉真琴は、探偵事務所で働きながらある事件を追っていた。三年前、国際刑事課にいた真琴の人生を大きく変えた忌まわしい事件を…。そんな時、イタリアで貿易会社を営む久納が依頼人として事務所を訪れる。依頼内容は「愛人として行動を共にしてくれる相手を探している」というもの。日本に滞在中パーティや食事会に同伴してくれる相手がほしいと言うが、なぜかその愛人候補に真琴が選ばれ、さらに久納とのホテル暮らしを強要される。軟禁に近い条件と久納の高圧的で傲慢な態度に一度は辞退した真琴だが「情報が欲しければ私の元に来い」と三年前の事件をほのめかされて…？

君が恋人にかわるまで

きみがこいびとにかわるまで

きたざわ尋子

イラスト：カワイチハル

本体価格870円+税

会社員の絢人には、新進気鋭の建築デザイナーとして活躍する六歳下の幼馴染み·亘佑がいた。十年前、十六歳だった亘佑に告白された絢人は、弟としか見られないと告げながらもその後もなにかと隣に住む亘佑の面倒を見る日々をおくっていた。だがある日、絢人に言い寄る上司の存在を知った亘佑から「俺の想いは変わっていない。今度こそ俺のものになってくれ」と再び想いを告げられ…。

リンクスロマンス大好評発売中

掌の檻

てのひらのおり

宮緒 葵

イラスト：座裏屋蘭丸

本体価格870円+税

会社員の数馬は、ある日突然、友人にヤクザからの借金を肩代わりさせられ、激しい取り立てにあうようになった。心身ともに追い込まれた状態で友人を探す中、数馬はかつて互いの体を慰め合っていたこともある美貌の同級生・雪也と再会する。当時儚げで劣情をそそられるような美少年だった雪也は、精悍な男らしさと自信を身に着けたやり手弁護士に成長していた。事情を知った雪也によってヤクザの取り立てから救われた数馬は、彼の家に居候することになる。過保護なほど心も体も甘やかされていく数馬だったが、次第に雪也の束縛はエスカレートしていき…。

小説原稿募集

リンクスロマンスではオリジナル作品の原稿を随時募集いたします。

募集作品

リンクスロマンスの読者を対象にした商業誌未発表のオリジナル作品。
（商業誌未発表のオリジナル作品であれば、同人誌・サイト発表作も受付可）

募集要項

＜応募資格＞
年齢・性別・プロ・アマ問いません。

＜原稿枚数＞
４５文字 ×１７行（１枚）の縦書き原稿、２００枚以上２４０枚以内。
※印刷形式は自由。ただしＡ４用紙を使用のこと。
※手書き、感熱紙不可。
※原稿には必ずノンブル（通し番号）を入れてください。

＜応募上の注意＞
◆原稿の１枚目には、作品のタイトル、ペンネーム、住所、氏名、年齢、電話番号、メールアドレス、投稿（掲載）歴を添付してください。
◆２枚目には、作品のあらすじ（４００字～８００字程度）を添付してください。
◆未完の作品（続きものなど）、他誌との二重投稿作品は受付不可です。
◆原稿は返却いたしませんので、必要な方はコピー等の控えをお取りください。
◆１作品につき、ひとつの封筒でご応募ください。

＜採用のお知らせ＞
◆採用の場合のみ、原稿到着後６カ月以内に編集部よりご連絡いたします。
◆優れた作品は、リンクスロマンスより発行させていただきます。
原稿料は、当社既定の印税でのお支払いになります。
◆選考に関するお電話やメールでのお問い合わせはご遠慮ください。

宛先

〒151-0051
東京都渋谷区千駄ヶ谷４−９−７
株式会社　幻冬舎コミックス
「リンクスロマンス　小説原稿募集」係

この本を読んでの
ご意見・ご感想を
お寄せ下さい。

〒151-0051
東京都渋谷区千駄ヶ谷4-9-7
(株)幻冬舎コミックス　リンクス編集部
「深月(みつき)ハルカ先生」係／「亜樹良(あきら)のりかず先生」係

リンクス ロマンス

華麗なる略奪者

2015年10月31日　第1刷発行

著者……………深月(みつき)ハルカ
発行人…………石原正康
発行元…………株式会社　幻冬舎コミックス
〒151-0051　東京都渋谷区千駄ヶ谷4-9-7
TEL 03-5411-6431（編集）
発売元…………株式会社　幻冬舎
〒151-0051　東京都渋谷区千駄ヶ谷4-9-7
TEL 03-5411-6222（営業）
振替00120-8-767643
印刷・製本所…株式会社　光邦
検印廃止

ISBN978-4-344-83559-7 C0293
Printed in Japan

幻冬舎コミックスホームページ　http://www.gentosha-comics.net